カオス・エッジ
たそがれの道化師

中里融司

JN266257

MF文庫
J

口絵・本文イラスト●藤城　陽
編集●松田孝宏（ブレインナビ）

序章　誘《いざな》いの聖槍《せいそう》

少年は、深く息を吸い込んだ。

パーティの喧騒《けんそう》が、空気を伝わってくる。重苦しい振動が肌に伝わり、それに共振したように、少年の心臓が脈打ち始めた。

パーティの会場で、出席者に挨拶《あいさつ》しなければならないのだ。けれども、これがどうしてもできない。相手は皆、三〇以上も年が離れた人たちばかりだが、年齢の差が理由でないことは分かっていた。

同じ中学の、クラスメートたちとさえ、語り合うことができないのだ。相手がどう考えているのか、僕はどう考えればいいのか、それをどう口に出せばいいのか、そんなことを考えているうちに、話ができなくなってしまうのだ。

僕には、人と意志を通じ合う能力が欠けているらしい。

頭はいいから、人と分かり合えない自分を、冷静に分析することはできる。

こんなことではいけない。お父さんを失望させてしまう……そう考えて、少年はそっとポケットに入れてきたピルケースを取り出した。

クラスメートの一人から教えられた、アメリカ製の薬だった。一種の向精神薬《こうせいしんやく》だと言うことだったが、覚醒剤《かくせい》のような習慣性はない。副作用もないとのことで、もちろん禁止薬物に指定されてもいない。

これを使えば、相手がどう考えていて、こっちがどう言えばいいのかまで分かる。どんなに人づき合いの下手な奴だって、この薬があれば大丈夫――と、あいつは言っていた。

それでも、服んだことがない薬には抵抗を感じる。いま一つ決心がつかず、手のなかの錠剤を眺《なが》めていると、突然父親の声がした。

「いつまでかかっているんだ。早く来ないか」

びくりとして、咄嗟《とっさ》に手のなかの薬を口にした少年は、意識して明るい顔をつくり、にこやかに出て行った。

「ごめんなさい、お父さん。行きましょう」

逡巡《しゅんじゅん》していた自分を押し込めて、いつもの演技している少年が現れた。

会場に戻ると、彼を目敏《めざと》く見つけた大柄な男が、笑いながら寄ってきた。

「これは、坊ちゃんですな。○○中学に合格されたと聞いたが、なるほど利口そうだ」

にこにこと手を伸ばしてくる。いつものことながら、こういうときにはどうすればいいのか分からない。あらかじめシナリオを用意していないと、人とはどうコミュニケートしていいのか、見当がつかないのだ。

だからこういうときには、快活に笑いながら調子を合わせ、その間に会話を組み立てる。

この人は、確か取引先の建設会社の部長だった。そうした情報から、シナリオをつくろうとしたのだが。

突然、頭のなかに風が吹いたように思った。戸惑《とまど》っているうちに、心のなかの暗い部分に光が射して、晴れ渡ったような気分になった。

にわかに自信が湧《わ》いてきて、見知らぬ相手に対する恐怖心も、拭《ぬぐ》ったように消え失せた。それどころか、相手がこちらをどう思っているのか、何を望んでいるのかさえ、微小な表情の動きから、手に取るように分かる。そんなふうにさえ思えてきた。

気がつくと、少年はごく自然に会話をこなし、初対面の相手とも、屈託なく話していた。なんだ、こんなものかと思った。自分が万能の天才であるかのように思えてきて、心のなかに凝っていた痼《こ》りもなにも、綺麗《きれい》に消え失せてしまっていた。

そのとき、少年は、自分が生まれ変わったような思いでいた。

アメリカ製の薬が、彼の心を一新してくれた。あたかも天使が導いてくれたかのように。

その薬が《天使の夢《エンジェリックドリーム》》と呼ばれていることを、少年はまもなく知った。パソコン通信のあるフォーラムで、若い世代に人気のある心理学者が、教えてくれたのだ。

人との交流技術をもたない多くの若者たちが、小さな白い天使が与える導きに、先を争うようにしてすがる。そんな時代が、始まっていた。

少年が《天使の夢《エンジエリックドリーム》》に出会ってから、四年の月日が流れた。

《天使の夢》——この新種の向精神薬《こうせいしんやく》は、ここ数年の間に爆発的に普及した。

アメリカの製薬会社、ドラム・メディスンが開発した薬で、正式名称はKTS—102『ロータス』と言う。服用した者の五感を研《と》ぎ澄《す》まし、不安を取り除く。かといって、既成の向精神薬のような副作用や、習慣性は皆無とされている。複雑化する社会のなかで、対人交渉《たいじんこうしょう》のスキルをもたない若者は増加の一途をたどり続けていたが、そうした者にも社会性を与え、他人と交際できる技術を与える薬として、需要は高まる一方だった。

作れば売れる。そうした状況だったから大量生産すれば良さそうなものだが、なぜか米政府は、《天使の夢》の増産を許可しようとはしていない。そのために、少数輸入された《天使の夢》は裏のルートに流れ、末端に行くほど高値を呼んで、大人たちの気づかぬマーケットをつくりあげていた。

しかし、社会的な危機感はほとんどない。この薬の作用が感覚を鋭くし、対人接触のスキルを増すと言うもので、麻薬や覚醒《かくせい》剤のような快楽を伴わないものであること、そしてそれゆえに、ある程度以上の精神生活を営んでいる者以外には価値がなく、反社会的な階層には、ほとんど魅力がなかったことにもよるが、特に復活した名門校の生徒たちの間では、教師や親が知らない闇の市場が、厳然と存在していた。

しかし、《天使の夢》を危険とみなして内偵している人々は、実はいた。

その日、都立M高等学校の校門近くで、高階鏡《たかしなきょう》は電柱に背を預け、授業を終えて出てくる生徒たちを眺めていた。

身長百七五、引き締まった体格の、どこか野性的な顔立ちの少年だ。特に美男と言うわけではないが、力のある瞳が印象に残る。

校舎に掲げられた時計が四時三〇分を指す頃、目指す相手が、校門から出てきた。

「来た……あいつだ。行ってくる」

「気をつけろよ、鏡。なにかあったら、すぐに連絡してくれ」

柴田達樹《しばたたつき》が言った。鏡の親友で幼馴染《おさななじ》み。通う高校は違うが、鏡にとってはすべてを託せる、頼もしい男だった。

鏡は前髪を掻《か》き上げ、目標の顔を確かめる。そして電柱から背を離し、後をつけ始めた。

標的の少年は、岩倉慎一《いわくらしんいち》と言う。医院を経営している両親の元でなに不自由なく育てられ、将来は医者になるべく、医学部系に強いこの高校に来たと言うことだ。

もっとも、鏡は岩倉の家庭環境には興味がない。唯一重要なのは、岩倉が名門高校生や大学生の間で流通している《天使の夢》の、密売ルートの要にいると言うことだった。

数ヶ月間綿密《めんみつ》に調べ、突き止めた情報だ。だから、無駄《むだ》にはできない。

慎重につけているつもりだったが、そんな気負いが表に現れたのかも知れなかった。

岩倉《いわくら》が、不意に駆け出した。さすがにエリート校の生徒で、運動も重視しているのか、結構《けっこう》速い。鏡《きょう》も隠れてはいられず、慌てて道路に飛び出し、後を追った。

周囲には、もう営業していない、倒産した町工場が並んでいる。肩越しに振り向いて、鏡の姿を見た岩倉は、さらに泡を食《く》って速度をあげ、その一つに逃げ込んだ。

もう倒産して久しい廃工場には、無論のこと人の気配がなかった。

停止したままの工作機械に、埃《ほこり》が積もっている。不況が染みついているような、廃墟《はいきょ》と化した周囲一帯から、耐《た》えがたいほどの寒気が押し寄せた。

肌に食い入り、骨を刺す。指先に凝っていた痛みすら、凍りついていくようだ。寒気のただなかに、鏡が胸の内に留《とど》めていた空気が吐き出される。

白い呼気が、顔の周囲に湧き上がる。その微《かす》かな温《ぬく》もりも、見る間に虚空《こくう》に奪われて、空《むな》しくほぐれ、消えていく。

そんな寒気のなかを、岩倉を探して慎重に進んでいた鏡は、不意に足を止めた。

眼を見開き、前方に転がっているものを注視する。それが何かを知ったとき、鏡の足を、重い鎖が縛ったような錯覚に捉われた。

凍りついた視線の視線の先で、岩倉が床に伏していた。

首筋に凄《すさ》まじい傷が爆ぜ、ゴムのチューブを思わせる、太い血管が切れていた。

その死に顔を、鏡《きょう》はものも言えずに見つめた。恐怖はない。もう慣れてしまったと言うこともある。ここ一年ほどの間に遭遇した、これが四つ目の死体なのだから。

「……またか……殺している。確かに、俺に先回りして、誰かが……」

唇から言葉が洩《も》れた。肌を噛《か》み裂くような冷気が、どす黒い重みをもって迫ってきた。

ここ一年の間に遭遇した死体は、すべて鏡が尾行して、そのあげくに死んでいた……そうした者たちだった。

ここ一年ほどの間に、異常な殺人事件が頻発《ひんぱつ》していた。厳重に施錠《せじょう》された建物のなかで、二つに断たれて惨殺《ざんさつ》された者がいる。その犠牲者は頭頂から股間までを真っ二つに切断され、しかもその切り口が凍りついていたために、猟奇事件として騒がれた。

そうかと思えば、火の気がまったくなかったテーマパークの、しかも衆人環視《しゅうじんかんし》のただなかで、火達磨《ひだるま》になって焼き殺された者がいる。

あるいは、国内線のジャンボ機が、着陸した飛行場の格納庫に突っ込んだ事件もあった。泥酔《でいすい》状態の操縦士が、操縦桿を切り違えたための事故とされた。ただ不可解なのは、この操縦士が極端な下戸《げこ》で、酒が一滴も飲めない体質だったと言うことだ。

鏡が出遭《であ》ってきた死体たちも、すべてがそうした、異常な死に様を晒《さら》していた。にしても、日本の人口一億三千万から見れば、ごく微々たる数字のはずだ。

鏡が追う人間が、こうしてことごとく怪死を遂げているとなれば、何者かの意志が働いているると見るほうが、むしろ当然と思えてきた。

にわかに不安に駆《か》られ、鏡は身を屈《かが》めた。

床に溢《あふ》れている血潮に膝《ひざ》を浸さないよう気をつけながら、死体の傷口を改める。

鏡はごく普通の、日本の高校生だ。死体に慣れているはずもなく、こみ上げてくる吐き気を堪えながら、生々しい肉が爆《は》ぜた傷を調べるうちに、背筋が凍るのを覚えた。

刃物を使った傷ではない。かといって鈍器では、こんな傷になるはずもない。

さほど鋭くない凶器を突き刺し、力任せに引きちぎれば、こうした傷を残すかも知れない。そう思ったが、検死の知識をもたない鏡には、それ以上のことは分からない。

「姉貴なら、なにか見つけたかも知れないな」

呟《つぶや》きかけて、鏡は顔を振った。

何とはなしに、不吉なように思えたのだ。姉のことを、こんな変死体が転がっている、血塗れの現場で考えるのは。

同じことが、姉の身にも起こるかも知れない。そんな理不尽な想いが頭の片隅をよぎった途端《とたん》、鏡は身を翻《ひるがえ》した。

殺人者が近くに潜んでいるなら、自分の身も危ない。そう思い至《いた》ったのだ。

姉を助け出すまでは、自分がどうにかなるわけにはいかない。その考えに駆《か》られ、出口を目指して駆け出した鏡の脳裏《のうり》を鋭い痛みに似た感覚がかすめたのは、殺しの現場から一

○メートルほど走ったときだった。
急激に制動《せいどう》をかけ、疾走に費《つい》やしていたエネルギーを、一気に別方向に向ける。その一瞬、胸元を通り過ぎた一撃を躱《かわ》しえたのは、僥倖《ぎょうこう》以外の何物でもなかった。

埃《ほこり》の積もった床を片手で一打ちし、その反動で態勢《たいせい》を整える。が、息つく間もなく、第二撃が、まともに側頭部に叩きつけられた。

「がはっ！」

頭蓋《ずがい》が割れたかと思える痛みのなかで、視界が血の色に染まる。

と、そのとき。襲撃者の姿が真紅のなかに浮かび上がった。

シルエットは人間だ。それも均整の取れた、ヘレニズム文化の薫《かお》り高い彫刻を思わせる美しいもので、逞《たくま》しい上半身を、鉄を練り合わせたような筋肉が、しっかりと鎧《よろ》っている。その筋肉の要所要所に、煌《きら》びやかな金属のプレートが、急所を守るようにして嵌《は》め込まれていた。異様ななかにも華麗《かれい》な体には、しかし野獣の顔が載っていた。

高貴さすら感じさせる、逞しさと美しさを同居させた、森の王者の顔だ。

ユーラシアの原野に君臨する、高潔な森林狼の顔。下半身を煌びやかな虹色の鱗《うろこ》が覆い、引き締まった尻からはしなやかな尾がうねって、ときおりぴしりと床を打つ。

その口元は、鮮血に濡《ぬ》れていた。こいつだ、と鏡《きょう》は思った。岩倉《いわくら》の命を奪ったのは、この美しい獣だ。そして、今度は鏡を殺そうと、殺意を露《あらわ》に向かってくる。

それにしても、腑《ふ》に落ちない。怪物は確かに見えているが、一方で妙に非現実的だ。肉体をもっているのかいないのか、それすら定かでない。ただ、怪物が身動きする度に、その体に希薄な部分と、濃厚な部分が現れるように見える。夢のなかで何者かに襲《おそ》われたときに似た、もどかしい感覚が、鏡の頭を締めつけた。

確かなことが、一つあった。実体の有無に拘《かか》わらず、この怪物は存在して、鏡を血祭りにあげようとする意志をもっている。そして、鏡には抗《あらが》う術《すべ》がないと言うことだ。

そして、もう一つ。相手の姿を見たとき、鏡は奇妙な感覚を覚えていた。

この怪物を、知っている。いつ、どこで見たかは覚えていないが、確かにこの姿は、どこかで見た。奇妙な既視感《きしかん》が、鏡の手足を束の間、束縛した。

そのとき、魔人が吼《ほ》えた。大地を揺るがせるような咆哮《ほうこう》に、鏡の体がびくりと震え、おかげで呪縛《じゆばく》が解けた。

死にたくなかった。鏡には死ねない理由がある。だから必死で刃向かった。

しかし関節技を仕掛けるには相手の強大な牙《きば》が脅威となり、打った拳の方が軋《きし》みをあげているようではどうにもなりはしない。

血の色に染まった視界に、魔人の顔が浮かぶ。牙を並べた口に笑みが浮いている様を見てしまい、鏡は絶望に追い込まれた。敵《かな》わない。間違いなく殺される。胸の奥から戦慄《せんりつ》が突き上げ、喉《のど》を塞《ふさ》ぐ。次いでその絶望が、自暴自棄の勇気に転化した。

——どうせ殺されるなら……一撃くらいは！

腕の一本くらいはへし折ってやろうと、自ら足を踏み込み、魔人の腕を取りにいった。

魔人の顔に、一瞬戸惑《とまど》いが生まれた。その顔めがけて掌底を打ち込み、腕を巻き込んで折りにいく。が、一声吼《ほ》えるなり、魔人は腕一本で鏡《きょう》の体を持ち上げ、振り飛ばす。

為《な》す術《すべ》もなく投げられた鏡は、受身を取ろうと試みる。しかし飛ばされた先にあった旋盤が、受身を許さなかった。

したたかに背を打ちつけ、一瞬呼吸が止まった。

あばら骨の何本かは折れたろう。激痛が体を貫き、喉元に熱い液体がこみ上げた。耐え切れずに吐き出すと、真っ赤な飛沫《ひまつ》が散った。

金色の瞳を燃やしながら、魔人が跳《と》んだ。頽《くず》れた鏡との間の、数メートルを跳び渡り、振り上げた腕に、鋭い鉤爪《かぎづめ》が煌《かがや》いた。

あの鉤爪が、次の瞬間には顔を抉《えぐ》るに違いない。口惜しさのあまり、涙が湧いた。紅く色づいた光景が滲《にじ》み、魔人の顔が、一気に大写しになった、そのときだった。

新たな登場人物が、鏡の眼前に現れた。

たおやかな肢体《したい》をもつ、美しい女性の姿をもつ天使。そうとしか形容しようのない、全身を光り輝く軽甲冑《かっちゅう》で覆った少女が、いきなり鏡の前に立っていた。

魔人の眼が、大きく見開かれる。と、少女はなんの予備動作もなく、右足を蹴《け》り上げた。

避けようのない一撃が魔人の顎《あご》を打ち、赤黒い鮮血が弧を描く。

工場の反対側まで、数十メートルを吹き飛んだ魔人を追って、少女が跳んだ。

「氷艶斬！」

光で編んだ翼を閃《ひらめ》かせ、高々と舞った少女の指先に、凍った渦が現れた。

へたり込んだまま見守る鏡の頬《ほほ》を、幾つもの鋭い痛みが刺す。水晶のように透き通った、光の戦輪を旋回させた少女が、魔人めがけて振り下ろそうとした刹那《せつな》。

苦痛の呻《うめ》きをあげた魔人が、唐突に消えた。

その残像を、光の渦が通過する。が、少女の唇から、口惜しげな言葉が洩《も》れた。

「逃がしたか……だが、本体はまだ近くに！」

身を翻《ひるがえ》そうとする少女に、鏡は苦痛を堪えて呼びかける。

「待ってくれ！　君は……あいつは、一体何なんだ!?」

搾《しぼ》り出すような鏡の声音《こわね》に、少女は動きを止めて振り向いた。

「そうだ……貴方《あなた》の処置が、先だったわね」

声音や技と同じく、結晶した鉱物を思わせる、それは怜悧《れいり》な仮面だった。

鏡は恐怖を感じた。しかし勇を鼓《こ》して、掠《かす》れた言葉を搾り出す。

「俺は、岩倉《いわくら》を追っていたんだ。あいつが、《天使の夢《エンジエリックドリーム》》を売っていると知ったから……

なのに、殺されてしまった。俺が追っていた売人《ばいにん》は、全部だ。あいつの仕業なのか!?」

必死に問うが、少女は鏡《きょう》の問いに、答えようとはしなかった。

「貴方《あなた》かな？　ならいいんだけど。私と会う前に殺されたんじゃ、私の立場がないものね」

独り言のように言う。その響きを聞いて、鏡はぞっとした。

鏡を襲った怪物と眼の前の少女が、本質的には同じものと覚《さと》ったのだ。

効かない腕で床を擦《す》り、後ずさる鏡に向かって、少女は顔を近づけた。

半透明の結晶を思わせる顔に、蒼ざめた鏡の顔が映る。硬質な美貌《びぼう》が無表情なまま、唇に冷たい笑《え》みを湛《たた》えて問いかけた。

「君、名前は？　なんで、《天使の夢《エンジエリックドリーム》》の売人《ばいにん》を追っていたの？」

笑みを伴っているにも拘わらず、心を凍らせるような、冷徹な声だった。

この少女も、怪物の仲間か。危険信号が脳内でちらつくが、鏡の口は恐怖に麻痺《まひ》したかのように、自分の素性《すじょう》を告げていた。

「高階《たかしな》鏡……岩倉《いわくら》を追っていたのは、俺の姉の行方《ゆくえ》に、関係があるかも知れないと思ったからだ。姉は、『天使の夢』についての小説を書いた直後に姿を消した。だから……」

「やっぱり、高階星《せい》さんの弟ね。じゃ、一つやりますか」

皆まで言い終える前に洩《も》らした少女の呟《つぶや》きを、鏡は聞き逃さなかった。

「姉貴を知ってるのか!?　どこかで会ったのか!?　いま、どこにいるんだ!?」

恐怖を捻《ね》じ伏せるようにして身を乗り出し、問い詰める。が、少女は答えるかわりに右

腕を伸ばし、鏡《きょう》のこめかみに当てた。

次の瞬間、凄まじい痛みが、鏡の頭を貫《つらぬ》いた。

鏡の前頭部を、一本の針が貫通した。激痛に苛《さいな》まれ、のたうつ鏡を見下ろしながら、少女は穏《おだ》やかな声音で告げる。

「君が生き残ることができれば、私はもう一度会いに来るわ。そのとき、質問に答えてあげる。生き残れなければ……それまでと言うこと。頑張ってみなさい」

それだけ言って、少女の姿は一陣の冷風とともに消えた。

『救急車は呼んであげるわ。死ぬにせよ生きるにせよ、後始末はしてもらえるわよ』

虚空《こくう》から、凍《い》てついた声が聞こえてきた。

しかし、鏡は答えることができなかった。

言葉は喉の奥で凍りつき、液体が泡立つような異音が聞こえるばかりだ。

まもなく、鏡は冷たい床に、崩れるように倒れた。

そして、鏡の頭を貫通した針は淡い水蒸気に変わり、揺らめくように消滅していった。

第一章　幻の街並み

《間奏・1》

ぽぉん、と軽い音が鳴って、メールの着信が告げられた。

キーボードを打っていた指を止め、《メールを読む》のアイコンをクリック。画面上に現れたハンドルは、ここ数年眼をかけて、ずっと育てていた少年だった。

『先生、俺、先生の言ってたことが分かりました。世のなかの連中、縛られすぎ。俺はどんなグループにも縛られないで、自由に生きてます。今日も、俺のこと縛ろうとした低能に、身の程《ほど》を思い知らせてやりました』

一日で読んで、思わず笑みが洩《も》れてくる。

この少年は、本当には自由ではない。自由な者が、ことさらに自由だなどと言うはずがないではないか。

しかし、そうと告げたりはしない。それこそ、これまで提唱《ていしょう》してきた『何者にも縛られない、究極《きゅうきょく》の自由を得た現代人』を否定することになる。

どんなポジションを選ぼうと、責任を取る必要などないと説いている。責任など感じていては、自分の居場所を築《きず》き上げることなど、できはしない。

そもそも責任などが生じるのは、誰もが無批判に、一つの共同体に属してきたからだ。

その手法には、すでに限界がきている。共同体が個人を圧殺し、無軌道に突っ走ってきた時代は終わった。これからは誰一人として、どのような共同体にも属してはならない。

その主張を滲《にじ》ませて、キーボードを叩《たた》いていく。

『それは、君が判断して、君が実行したことだろう？　責任など感じる必要はないし、感じたとすれば、それは罪悪だ。そんなことを気に病んでいるから、君たちは悩むのだ。何にも捉《とら》われず、思うままに生きたまえ。君が何をやったかなど、君の死後に覚えている者は誰もいない。個人で何事かをなせる時代ではないからね』

送信。

しばらく経って、また着信の知らせが入る。

今度は別の子だ。ハンドルは男の名だが、実際はどんなものか。文体の雰囲気から女性ではなかろうかと思っているのだが。

『先生、やっぱり、僕は悩んでます。先生の仰《おっしゃ》ったとおり、自分だけの価値観を身に付けようとしてはいるんですけれど、あまり自分勝手になると、周りに迷惑かけそうだし……こんな僕は、先生に軽蔑《けいべつ》されるでしょうね』

軽蔑するどころか。とても可愛《かわい》くて、嬉《うれ》しくなってしまう。

この子は、まだ健全だ。他人の言うことを無邪気《むじゃき》に信じ込み、あまつさえ自分が独自にたどり着いた考えと誤解するような者に、ろくな奴はいない。

『君が納得して、その共同体に属《ぞく》したいと言うなら、誰にも邪魔はできない。ただ、君自身の可能性を、それで潰《つぶ》してしまうことになるのではないかな。それが心配だ』

少し考えて、唇に笑みを浮かべる。そして、新たな文面を付け加えた。

『君が不安に駆《か》られているのは、この世界が唯一絶対のものだと言う幻想に捉《とら》われているからじゃないかな？　本当は脳が認識できないから、他の世界が見えないだけなんだ。人間は、自分の属する共同体の一員として生活することを強要されてきた。そのために、脳にリミッターをかけて、使えなくしてしまったのだ。そのリミッターを取り除く手段がある。《天使の夢《エンジエリックドリーム》》と言う薬品なのだけれど、麻薬じゃない。だから、法律には引っかからない。もっとも法律自体が、共同体で大過《たいか》なく過ごすための、束縛《そくばく》に過ぎないんだがね』

このメールを読んだ彼女――おそらく、少女に間違いないだろう。

彼女はこのメールに従って、行動を起こすに違いない。それがどのような結果に繋がるかは、また興味深い研究対象だ。

そうこうしているうちに、またメールが来た。

一読して、眉《まゆ》を顰《ひそ》める。それは、彼にとっては不快な文面だった。

『先生、警戒すべき情勢になっている。《天使の夢》の販売ルートが、《氷雪の天使《スイニエーク・アーンギル》》に潰されている。警戒した方がいいと思うよ』

「《氷雪の天使《スイニエーク・アーンギル》》が？　本当に存在していたのか……それにしても、理解しがたいね。そうした能力をもっているなら、《天使の夢《エンジエリックドリーム》》の効能を知っているはずじゃないのかな」

首を傾《かし》げ、興味を覚えた。携帯電話を取り出し、番号をプッシュ。いまどき電子環境のない相手には、昔ながらの電話を使うしかない。

「福永《ふくなが》か？　ああ、私だ。実は、知らせておきたいことがある」

電話の向こうから聞こえてくる、耳障《みみざわ》りな声に耐えながら、必要な情報を教えていく。

通話を打ち切ってから、ゆったりと椅子に体を沈めた。

年が変わって、まだ半月。不況は続き、人心の荒廃は留《とど》まることを知らない。世界情勢も、あちこちで紛争の火種が燻《くすぶ》って、いつ火を吹くとも知れない状況だ。

そうした状況下、人類はもはや、種としての発展は望めない。

となれば、個人が社会との関わりなど無視して自分のポジションを定め、一切の束縛をなくしたとき、何が起きるか——それに対する興味のみが、研究意欲を掻《か》き立てる原動力《げんどうりょく》となっていた。

《間奏、終わり》

見渡す限り、桜の渦《うず》だった。

視界すべてが薄紅色の闇に覆《おお》い尽《つ》くされ、心すら融《と》けていきそうだ。

その渦のただなかに、姉がいた。

黒い髪が薄紅色に染まり、白すぎる肌が透けている。薄めた血の色を思わせる花曇《はなぐも》りのなか、愛用のノートパソコンＩＢＭシンクパッドを小脇に抱《かか》え、どこか寂しげな瞳を向けている。少々厚めで、重量もあるシンクパッドが、細い腕には重そうだ。

高階星《たかしなせい》——鏡《きょう》の姉だ。一年ぶりに逢《あ》う星は、以前と同じに儚《はかな》く、美しい。

しばし茫然として立ち尽くしていた鏡は、我に返って歩を進めた。

足を動かす度に、足元に積もった花びらが舞い上がる。桜色と言うよりは、純白に近い染井吉野の花の色。その色に染まった風に彩られ、鏡は息せき切って呼びかけた。

「姉貴、帰ってきたのか⁉　どこに行ってたんだ⁉」

意気込んでの問いかけに、しかし星は、答えようとはしなかった。

ただ、寂しげに微笑した。色素の薄い瞳を鏡に向け、優しげな唇をほころばせた。

『鏡、ごめんね。私は、帰れない。人が、人の道を踏み越えるにふさわしい生物かどうかを見定めるまで……天使の紡《つむ》ぐ夢に、人が耐えられるものなのかどうかを見届けるまで』

鏡は言葉を失った。姉の顔が、あまりに寂しげだったので。

『貴方《あなた》に、一つ言い忘れたことがあったの。私の書庫の本、まだ始末してないわよね？』

類《たぐい》まれな知能をもち、シカゴ工科大始まって以来の才媛《さいえん》と謳《うた》われた姉が、こんなときには子供のような顔になる。

胸の奥にずきりと痛みを感じた鏡《きょう》は、その痛みを振り払うように、声を励まして言った。

「始末なんか、できないよ……だって姉貴、いつ帰ってくるか分からないじゃないか。すぐ仕事ができるようにしておかないと、仕事たくさん抱えたままなんだろ？」

『ありがとう。そうよね。私は、大勢の人に迷惑をかけたまま、姿を晦《くら》ませてしまった』

寂しげに微笑んで、星は顔を近づける。

香《かぐわ》しい姉の息が、鏡の顔に降りかかり、束の間陶然《とうぜん》とした思いを募らせる。

『貸し書庫の、一七番―B――そこにディクショナリ・ド・フランセ――一九世紀に出版された、フランスの辞書があるの。その第五巻の、革張り装丁《そうてい》の表紙に、銀行の貸し金庫の鍵と、番号が仕込んであるわ。鏡、それを取ってきて』

思い詰めたような顔で言われ、鏡は戸惑《とまど》った。

「貸し金庫って、姉貴。全部警察が調べたあとだよ。見落としているはずが……」

『見落とすのよ。絶対に、警察がどれほど有能でも、あの貸し金庫は見落とすの。なぜかといえば、この世界の人には、見えない場所に仕込んであるから』

謎めいた微笑を浮かべて、星《せい》は鏡の額に手を触れた。

その途端《とたん》、鏡の頭に、鋭い痛みが走った。

　はっとして額に右手をやった鏡の指が、星の手と触れた。

『ごめんね、鏡。沙織《さおり》さんは手段を選ばないところがあるの。でも、鏡なら、きっと大丈夫。私を信じて。鏡しか、いないの』

　弟の指に、姉の手の、ほのかな温もりが伝わった。

　柔らかい、たおやかな指だ。この指が、ここ十数年では最高と目される小説の書き手としてマスコミの寵児《ちょうじ》となり、鏡の生活すら一変させたとは思いがたい。

　混乱した思いを抱きながら、鏡は口ごもりつつ問いかけた。

「姉貴、その沙織って、まさかあいつじゃないだろうな」

　鏡の記憶に、廃工場で出会った女戦士の姿が蘇《よみがえ》った。その謝肉祭の仮面を思わせる無機質な美貌《びぼう》が、額の痛みとともに思い出されて、思わず足をよろめかせる。

「姉貴……」

　頭の痛みが次第に激しくなり、視界が血の色に染まった。

　鏡は懸命《けんめい》に手を伸ばす。二人の間に薄紅色の花びらが舞い上がり、指先は届かない。

　黄泉《よみ》の国はこんなであろうと思わせる、薄紅と白の渦のなか、姉の紡《つむ》ぐ言葉だけが、花びらを震わせて聞こえてきた。

『いま、貴方が認識しているものは、貴方のポジションが作り出しているだけなのよ。いままで、人はそのポジションを自覚して生きていくことができた。けれど、いまは違う。いポジションを自覚できない者たちは、足掻《あが》いたあげくに別のポジションに逃避《とうひ》するわ』

星《せい》の言葉に、不安げな響きが宿った。

乱舞する桜の花を透して、碧《あお》みがかった双眸《そうぼう》が、鏡《きょう》を見据《みす》えて放さない。

『けれど、それは人の位置を自ら手放すと言うこと。私は、人を滅ぼしたくない。だから、鏡《きょう》。その審判を、貴方《あなた》に託す……』

花びらが触れ合うさやかな音が、星の言葉をかき消していく。

後を追おうとするが、儚《はかな》く見える花びらが、剛性を伴って鏡の行く手を阻む。

どう抗《あらが》っても、姉のところへは行き着けない……そう知った鏡は、満身の力を籠《こ》めて、悲痛な叫びを張りあげた。

「姉貴！　戻ってこいよ！　何を言っているのか、分からねぇよ！」

しかし、星は応えることはなく、一面に渦巻く桜が鏡の行く手を塞《ふさ》ぐ。

姉を追うこともできず、鏡は花びらを振り払いながら、叫ぶことしかできなかった。


「姉貴！」

叫んだ自分の声で、眼が覚めた。

途端《とたん》に、鮮烈な光が、眼に飛び込んできた。眩《まぶ》しさにしばたたいた眼に、光を遮《さえぎ》って突き出された、若い女の顔が映った。

「先生、集中治療室の患者さん、意識が戻りました！」

若い、元気そうな女性看護士だった。

その顔を、鏡は茫然《ぼうぜん》と見つめた。ついさっきまで姉の夢を見ていたせいか、記憶がおぼろで、なぜ自分がここにいるのか分からない。しかし、頭は不思議にすっきりしていた。

すぐさまやって来た医師が、ひとしきり検査する。鏡は自分の体がベッドに縛りつけられているような状態でいることに、いま初めて気がついた。

「どうやら危機は脱したようだね。心拍数も正常だし、血液検査の結果じゃまだ炎症があるが、これは仕方がない。なにしろ、脳を鉄棒で貫通されたんだから」

四〇代半ばの温厚そうな医師が、凄《すご》いことをさらりと口にした。

「あの……鉄棒って」

喋《しゃべ》ってみると、口の辺りが強張《こわば》ったようでいた。どれだけの時間が経っているのか分からないが、結構な日数が過ぎているのかも知れない。

「正確ではないな。君の頭蓋《ずがい》を貫通していた凶器は、発見されていないのだ」

医師は鏡を覗《のぞ》き込み、瞼《まぶた》を裏返したり口を開けさせたり、検査しながら言葉を継《つ》いだ。

「君は頭蓋骨と脳を、推定直径五ミリ、長さ二〇センチほどの物体で貫通されていた。その凶器が、鉄棒のようなものと推定されているだけでね。幸い、脳の機能にはさほど影響のない部位だったから、生命を取り留めたが……麻痺《まひ》はないかね？」

優しそうな顔立ちだが、訊《き》きにくそうな事柄を、歯に衣着《きぬき》せず聞いてくる。

しかし、鏡《きょう》には答えようがなかった。

いま意識が戻ったばかりなのだ。手足を動かしてみればいいのだろうが、まったく動かない。といって、いままでに麻痺《まひ》の経験がないから、麻痺しているのかも分からない。

戸惑《とまど》う鏡の顔を見て、看護士がとりなすように言った。

「無理ですよ、先生。いま気がついたばかりなんですから」

眉根《まゆね》を顰《ひそ》めた医師が、もう一度顔を近づけて言った。

「どのみち、一ヶ月寝たきりでいたわけだからね。筋力は大幅に弱っているし、脳を傷つけられたわけだから障害が残る可能性もある。術後《じゅつご》の経過は順調だが、油断は禁物だ」

「はあ……一ヶ月ですか」

鏡は肩をすくめた。一ヶ月。とすれば、岩倉《いわくら》の死体を見つけたのが一月の半ばだったから、いまは二月の半ばくらいか。

それにしても障害が残るかも知れないなどと、よくも患者に言うものだ。話に聞くドクター・ハラスメントと言うのはこれなのか、と、内心閉口する思いでいた鏡の気持ちを読んだかのように、看護士がまたしても代弁してくれた。

「先生、いきなりそんなこと仰《おっしゃ》るのはいかがでしょう。ショックが大きすぎませんか?」

「仕方なかろう。高階《たかしな》くんのご家族、親族は誰一人として面会に見えなかったんだ。本人

に知らせる以外ないわい」

唇を突き出すような顔で、医師は憮然《ぶぜん》として腹を撫《な》でる。

「ん、もう」

頬《ほほ》を膨らませた看護士が、一転して満面《まんめん》の笑《え》みを向け、明るく話しかけてきた。

「心配しないで、高階《たかしな》くん。これから、私があなたの担当につきますから。城之崎杏奈《きのさきあんな》です。よろしくね」

「は、はあ……よろしくお願いします」

どう言っていいのか分からず、鏡《きょう》は曖昧《あいまい》な口調で言った。

「僕は、奥寺《おくでら》と言う。これでも脳外科が専門でね、その筋では知られているんだ。脳が傷ついていると聞いて心配だろうが、大丈夫。任せておきたまえ」

奥寺と名乗った医師が、にっこり笑った。その顔を見ると、悪い男ではなさそうだ。

それで挨拶が済んだのか、城之崎看護士は頬を膨らませて、憤《いきどお》ったような口調で言った。

「それにしても、誰一人お見舞いに来ないなんて。先生、ちゃんとご連絡したんですか？」

「実際、誰も出ないんだよ。状況が状況だから、きちんと知らせたかったんだが」

やはり、人が好いらしい。若い看護士に難詰されて、本気で困惑しているようだ。

なんとなく気の毒になって、鏡は助け舟を出してみる。

「あの……連絡つかなくて、当然なんですよ。俺、学校行ってないし、両親もとっくに他界してますから。友だちもあまり、いないんです」

「そ、そうなの!?　あらやだあたしったら。ええと、ごめんなさいっ！」

城之崎看護士はどぎまぎしたあげく、顔を真っ赤にして、思いっ切り頭を下げた。

「気にしなくていいです。普通じゃないって、自分でも思いますから」

それだけ言って、鏡は体の力を抜いた。枕に頭を預けて、眼を閉じる。そんな鏡に、奥寺が声をかけてきた。

「詳しいことは、一般病棟に入ってから話そう。先ほども言ったように、何らかの障害が残る可能性もあるし、リハビリも必要だからね。ああ、それからもう一つ」

何やら口調が変わったので、鏡はもう一度眼を開けた。

ごく軽い世間話だ。そんな雰囲気を装って、奥寺が言う。

「一般病棟といっても、君は個室になるよ。発見されたときの状況もあるし、君自身のことがある。鹿島《かしま》さんが、話を聞きたいと言っていたからね」

「鹿島さんが、ですか」

鏡は表情を曇らせた。体に繋がれた医療機器の音が、妙に大きく聞こえてくる。

『鹿島さん』と、この状況で顔を合わせるのは、鏡には辛《つら》いことだった。


一般病棟に移ったのは、それから三日後のことだった。

鏡《きょう》の傷は、かなりひどいものだった。脳を完全に貫通されて、一時は生命も危ぶまれたらしい。生命維持には支障のない部位だったため、一命を取り留めたと言うことだった。

「もう何度も言ったが……鏡、お前さん、少し自分の安全を考えた方がよかないか？　姉さんが心配なのは分かるが、相手は凶悪な殺人犯だぞ。それに今回に関する限り、お前さんに嫌疑《けんぎ》がかかっても不思議はない状況だったんだ」

ベッドサイドに椅子を引き寄せ、苦虫《にがむし》を噛《か》み潰《つぶ》したような顔でいるのは、鹿島五郎《かしまごろう》と言う中年の男だ。

見た目にももっさりとして、冴《さ》えた印象はまったくない。紳士服量販店で買ったと思《おぼ》しきスーツに、ごく地味なネクタイ。角刈りにした頭も、同じ年代の男性から見てさえ、違和感をもって受け止められそうだ。

しかし、外見に騙《だま》されてはならない。そうした印象を与えることこそ、この中年男のつけ目なのだ。

この男が、鹿島だ。警視庁捜査一課の刑事である。

殺人事件専門の、一課の刑事のなかでも腕利きで、検挙率も高いと聞いている。

「それじゃ、俺に疑いがかかっていたんですか？」

問い返しながらも、当然かかってくるだろう——と、心のうちでは思う。

なにしろ、これまでにも計ったように、殺人事件の現場に居合わせているのだ。もっとも、大抵はそこに至ったのが被害者の死後数時間経ってからで、今回のようにできたての惨死体にお目にかかったなどと言うのは、いままでなかったが。

案の定、鹿島は眉根《まゆね》を顰《ひそ》めて言ってきた。

「状況が状況だからな。だが、安心しろ。お前さんの衣服から、ルミノール反応が出なかったからな……正確にはもちろん出たが、それはお前さんの血液だけだった。最初の段階で、容疑者から除かれたよ」

「そうですか……」

正直なところ、ほっとした。枕に頭を預ける鏡に、鹿島は案ずるような口調で言った。

「なあ、鏡――おまえさん、岩倉《いわくら》を追っていたんだろう？《天使の夢》の売人をやっているってネタは、薬物取締課の方からあがっていたんだ。だが、あの薬は、麻薬取締法の埒《らち》外だからな。薬物売買の件じゃ手を出せん。俺たちに任せることはできんだろうが……」

口ごもりながら問いかける鹿島に、鏡は困惑を滲《にじ》ませた眼を向けた。

鹿島が好人物であることは、ここ一年の付き合いで知っている。しかし、だからといって、本当のことを話す気にはなれなかった。

それはそうだろう。狼の顔と人間の体の怪物が襲ってきたと言って、どこの誰が信じるものか。出まかせを言っていると思ってくれればまだしも、下手をすれば他に何か重大な事実を知っていて、それをはぐらかせるために出鱈目《でたらめ》を言っていると思われかねない。

それでは拘束時間も長くなり、姉から伝えられた、『この世界から外れた場所に仕掛けた』隠し金庫の鍵とやらを、探しに行く時間も奪われてしまうと言うものだ。

一年前に姉の星《せい》が失踪してから、鹿島《かしま》にはずいぶん世話になってきた。だから胸が痛んだが、信じてもらえない話をして、余計な時間を費やす気分ではなかった。

「岩倉《いわくら》を追っていたのは本当です。《天使の夢》の手がかりは、売人《ばいにん》しかないから……けれど、奴があの廃工場に逃げ込んで、次に見たときには、もう死んでいました」

酸鼻極《さんびきわ》まる死体を思い出して、唇を噛む。

「彼の死体を見て、危険だと思って外に出ようとしたとき、いきなり襲われました。相手の姿は見ていなくて……すみません」

どう答えればいいか、考えながらの言葉だから、いきおい途切れ途切れのものとなる。

それが、鹿島には重傷を負ったがための、記憶の混乱と映ったようだ。

「う〜ん、そうかぁ……不可解殺人捜査の、一端にでもなればと思ったんだがなぁ」

頭を掻《か》きながら、難しい顔で首を捻《ひね》ってみせた。熟練した刑事のことだから、どこまでが本気なのか判別するのは難しいが、少なくとも鏡《きょう》には、演技には見えなかった。

「息子のことだけでも頭が痛いのに、わけの分からん事件ばかり起きるからなぁ。おまえだけでも、わしらの仕事を増やさんでくれんか」

「はぁ……気をつけたいんですけれど。すみません」

鏡もまた、言葉を濁す以外にない。自分がかつてぐれていたこともあり、鹿島の心痛がいかばかりか、なまじっか察しがつくだけに、申し訳なく思えてしまう。

鹿島の息子は、鏡より五つばかり年上だと聞いた。結構レベルの高い大学に通っているようだが、最近家に寄りついていないと言う。

悪い仲間とつき合っているらしく、鹿島は心を痛めているようだ。

刑事の父親をもつ息子にしてみれば、確かにいろいろと、煙《けむ》たいこともあるだろう。その反動で道を踏《ふ》み外《はず》すと言うのも、また充分にありそうだ。

甘えるんじゃないと言いたい面もあるが、何分にも他人の家のことだ。それぞれ事情があるだろうし、他人には計り知れない悩みも、各々あるに違いない。

だから余計な口は出さず、ただ気を引くような問いかけをするに留《とど》めた。

「息子さんは……光一《こういち》さんだっけ？」

「ああ。自慢の息子だよ。レベルの高い学校に、どうにか合格《うか》ってくれたんだがなぁ。俺が叩き上げの刑事だから、五〇を過ぎて、まだ警部補でしかない。やはりキャリアにでもならんとつまらんよ。そう思って、無理をさせてしまったのかもしれん」

口ではそう言いながら、やはり父親だからだろう。心配しながらも嬉しそうだ。

警察は階級社会だ。自分に学歴がないために、それこそ息子ほど年齢の違うキャリア――国家公務員上級試験に合格したエリートに、顎で使われる辛さを知り抜いているからこそ、鹿島《かしま》は一人息子に多大な期待をかけ、進学校に入学させた。

——そう言う親の期待が、子供には重荷《おもに》なんだろうなぁ。

内心ではそう思うが、もちろんそんなこと、口に出せはしない。

枕に頭を預けていると、やがてドアの外から、声をかけてくる者がいた。

「鹿島さん、そろそろ引き上げませんか。高階《たかしな》くんも、急には無理でしょう。しばらく休んでもらっていて、その時間をM—17事件の捜査に当てた方が得策じゃないですか？」

言いながらドアを開け、若い男が顔を覗かせた。

やはり一課の、金子《かねこ》と言う刑事だ。鹿島とコンビを組んでいて、一連の怪死事件の捜査にあたっている。

M—17と言うのが、岩倉《いわくら》の怪死事件につけられた名称だった。Mはミステリの M。常識で判断できない死に様を晒す殺人事件の、一七番目の事件と言うことだ。

無論、事件のすべてが警視庁の管轄内で起こっているわけではなく、所轄署が捜査している事件も多いわけだが、それだけに警視庁管轄だけで一七件と言う数字には、なんともいえない凄みがあった。

「おう、済まんな。じゃ、鏡《きょう》。これで引き上げるが、ゆっくり養生《ようじょう》してくれ。なんでもいいから思い出したことがあれば、知らせてくれよ」

立ち上がった鹿島はコートを羽織《はお》り、肩を震わせた。

「おまえさんが入院してからこっち、怪死事件はさらに三件起きた。全国まで含めりゃ、この一ヶ月だけで一二件の増加だ。マスコミは盛大に騒ぐし、俺たちの無能を糾弾《きゅうだん》する声もやまんよ。これでも俺たちは、足を棒にして聞き込みしてるんだがなぁ」

嘆息《たんそく》して腰を伸ばし、鹿島はどこか寂しげに苦笑した。

「俺たちの仕事は、格好いいもんじゃないからな。好き勝手なことばかり書いている記者たちは、別世界に住んでいるみたいなものだと思うよ」

「鹿島さん……そんなこと、俺に聞かせていいんですか？　俺は一応、容疑者ですよ」

苦笑して、鏡はたしなめた。

「なに、おまえさんの嫌疑はほとんど晴れてるよ。星《せい》さんを殺害する動機がないしな。おまえさんに嫌疑をかけたのは、警察って世界の癖《くせ》だと思って堪忍《かんにん》してくれや」

詮ないことを言ったと思ったのだろう。鹿島はもう一度苦笑して、病室を出て行った。

奇妙な感覚が鏡を襲った。一瞬、頭のなかがくらりと揺れた、そんな感覚とともに、無機質的な清潔さを露《あらわ》にしていた病室が、にわかに姿を変えた。

そのとき、鏡の眼に映る光景は、病室ではなくなっていた。奇妙に捻《ね》じ曲がったオブジェのような建築物——実のところは建物か植物か、あるいは岩柱か何かなのかさえ定かでない、そんなものが林立する、異様な世界に変わっていた。

「え？　え、ええと……」

慌てた鏡《きょう》は、周囲を見渡した。

もう一度眼をしばたたくと、その荒涼《こうりょう》とした光景に、病室が二重写しに見えた。

奇妙な光景だ。殺菌された病室に対して、広がりをもつ風景は荒涼《こうりょう》としている。猥雑《わいざつ》な、
原始的なエネルギーを感じさせる光景だ。そして、妙なものが見えたように思えた。

「飛行船？　いや、蒸気機関車……違う。なんだ、あれは！」

その幻のような世界に垣間《かいま》見えたものは、船のように帆柱《ほばしら》を立てた飛行船や、濛々《もうもう》と煙
を吐いて荒野を疾走する、人型の奇妙な機械——そんな、わけの分からないものだった。

無意識のうちに、鏡は両手に力を籠《こ》めた。手のなかにはシーツがあり、鏡がいまだ病室
にあると教えてくれる。それが自分と現実を結ぶ、唯一のよすがでもあるかのように、
鏡は手を握り締めながら、茫然《ぼうぜん》と周囲を見渡した。

と、背筋がぞくりとした。猥雑な大気のなかに漂うようにして、何かがやってくる。

実体をもたない、瘴気《しょうき》のようなものが、鏡を見い出して、進路を変えた。そんな感覚だ。

脂汗が噴き出した。体が言うことを聞かない。得体の知れない瘴気《しょうき》に呑《の》み込まれる——

その恐怖に捉われて悲鳴をあげたとき、その光景は消え失せた。

周囲は病室に戻っていた。しかし、鏡は必死の面持ちで、ナースコールを押していた。

「脳を貫通されたんだ。後遺症が出ても不思議じゃないが」

検査結果に眼を通しながら、奥寺《おくでら》医師は首を捻った。

「後遺症って……先生､脳の傷のせいなんですか？　とてもそうは思えないんですけれど」

不服そうに、鏡が言う。奥寺は検査結果の記された用紙を机の上に置き、諭《さと》すような口調で言ってきた。

「君の脳を、鉄棒が貫通したと言ったろう？　それがどうやら、視覚《しかく》を司《つかさど》る部位に損傷を引き起こしたようだ。そのために、眼から取り込まれた情報が、間違った伝わり方をしている――そう言えばいいかな」

「それじゃ、幻覚だって言うんですか？　えらくリアルなんですけど」

しかし、奥寺は動じない。かえって腰を据《す》え、講義口調で語り始めた。

「いいかね？　眼や耳、鼻や皮膚刺激に至《いた》るまで、感覚器の情報は、すべて脳で処理されるのだ。その処理方法が間違っていれば、当然結果も間違ったものになる。つまり、君の脳が一部損傷しているために、君にはありもしないものが見え、感じられるわけだ」

「けれど、幻覚とは思えないほどリアルなんですよ!?　実際にそこにあるとしか思えない景色なんです。それに、あの妙な感覚だって……」

病室と二重写しになった、妙な感覚を思い出し、鏡は肌が粟立《あわだ》つ思いで肩を縮めた。

「幻覚を馬鹿にしちゃいかんよ。人間の感覚は、すべて脳が処理している。君にとっては脳が処理した情報がすべてだ。脳が砂漠にいると解釈すれば、エアコンにあたりながら暑さに苦しむだろうし、水中だと認識すれば、こうしていながら溺《おぼ》れることになりかねん」

太めの指を振り振り、奥寺《おくでら》は鏡《きょう》の顔を覗《のぞ》き込む。

「こうした例は、宗教的法悦《ほうえつ》に浸った熱心な信徒《しんと》に、往々《おうおう》にして見られるものだ。キリスト教徒に見られる聖痕《せいこん》と言う現象を知ってるかね？」

「え、ええ。少しは」

聖痕。確か、敬虔《けいけん》なキリスト教徒に見られるもので、イエス・キリストが磔《はりつけ》にされた際、釘を打たれたと言う掌《てのひら》や足の甲に釘打ちされたような傷が現れ、血が流れ出す現象だ。姉貴が、小説のテーマにしていたことがある。だから、鏡もこんな言葉を知っている。

うつむく鏡に、奥寺は畳みかけるようにして言葉を継いだ。

「聖痕も、イエスと同一化したいと願うあまり、脳がそうした傷が自分に穿《うが》たれたと解釈して、肉体を従わせてしまう現象だ。これは暗示の一種だが、いずれにしても精神の作用を甘くみてはいかん。どのような危険があるか、分からんからな」

しかつめらしく言って、処方箋《しょほうせん》にボールペンを走らせる。

「君のように、外傷から脳機能の混乱が起こっている場合は、大抵脳機能が回復するにつれて、破壊された部位の機能を他の部位が代行するようになるものだ。だから、その症状はおいおい消えていくと思う。脳細胞の九割は、使われていないと言うしな」

「でも最近の学説では、脳の九割が使われていないなんてことはないと言うことですけど」

横から口を出した城之崎《きのさき》看護士に、奥寺が処方箋を手渡した。

「いちいち混ぜ返すんじゃない。ほら、これを薬局に提出してきたまえ」

「はあい」

医師と看護士とは思えない、気のおけないやり取りだ。

自分の悩みも忘れ、鏡は表情を和ませる。と、ふと思い出したことがあった。

「城之崎さん。俺が入院したとき、誰が救急車を呼んでくれたんですか？」

「う〜ん、分からないなぁ。あたしたちは、患者さんだけが相手だから――ごめん」

人好きのする顔を申し訳なさそうに沈ませて、本気で謝ってきた。

「い、いえ、ただ気になったものだから。お礼を言わなきゃ、と思って」

あの女性戦士が、自分で電話してくれたわけでもないだろう。

確かに、あれは人間じゃなかった。人間がコスチュームをつけていた、と言う可能性も考えてみたが、それでは怪物を一蹴《いっしゅう》してのけた、異常な戦闘力の説明がつけられない。

考え込む鏡の頭を、またずきりと痛みが襲う。

あの女は頭に鉄棒を突き刺した。怪物から助けてくれながら、なぜ一歩間違えば殺してしまうような真似をしでかしたのか。どうにも解釈に困る振る舞いだった。

鏡の疑問に応えられず、申し訳ないと思ったのか、城之崎が言ってきた。

「でも、どこの消防署から出た救急車かは分かるから、退院したら行ってみれば？　ほら、ああ言うところは、記録を取ってあるもんだし。何か分かるんじゃないかな」

「え……ええ、そうします」

城之崎《きのさき》も、奥寺《おくでら》もいい人だ。自分の職務に忠実なだけでなく、精一杯、患者の役に立とうと努めている。

荒《すさ》んだ生活を送っていた鏡《きょう》も、人の温もりはいいと素直に思う。

星《せい》が失踪して一年——どこかで、きっと生きている。根拠もなくそう信じてきて、少しでも手がかりがあれば、手段を選ばず追ってきた。

その過程で、裏切られたことは何度でもある。しかし同じくらい、何の関わりもない人々から、温かな助力も受けてきた。

——ただの夢かも知れないけれど、とりあえず確かめにいこう。警察の捜索でも見つからなかったなら、入院している数週間くらい、誰かの眼に触れることはないだろう。そう腹をくって、ベッドに身を預けた鏡は、ふと眉を顰《ひそ》めた。

一通りの仕事を果たしたはずなのに、城之崎がまだ病室にいる。

なにか言いたげな顔に、小首を傾げながら問うてみた。

「城之崎さん、何か?」

「あ、あの、えーと」

不意に訊《たず》ねられ、どぎまぎしていたが、意を決したように言ってきた。

「あの、鏡くん、高階星《たかしな》さんの弟さん？　小説家の……」

その言葉を聞いて、鏡の表情が曇りを見せた。

星が姿を晦《くら》まして後、その弟かと訊ねられることは、幾度《いくど》もあった。

なにしろ、インターネットの普及によって、情報網が飛躍的に発達した時代だ。作家本人も出版社も、プライバシーを明らかにしていることはまずない。にも拘わらず、誰とも知れない者の手で、個人情報がネット上に公開されてしまう例は、枚挙に暇《いとま》がない。

これまでに質問してきた者の多くが、そうしたネット上の情報から、星のプライバシーを知った人々だった。

その多くが、ろくな質問をしてこなかった。出まかせであることが明白な、いい加減な誹謗中傷罵詈雑言《ひぼうちゅうしょうばりぞうごん》。その度に、鏡は釈明《しゃくめい》せず、拳《こぶし》にものを言わせてきた。

しかし、城之崎は担当看護士だ。まさか、入院している病院で暴れるわけにもいかない。それに、一度は『いい人』と感じた、しかも女性に、手を上げることはできない。

覚悟を決めて、鏡は頷《うなず》いた。心のなかが、また凍り始める。人の温もりに触れるたび、幾度も繰り返していた失望と哀《かな》しみが、また形を変えてやってきた。そう思いながら。

しかし、城之崎の反応は、鏡の予想外のものだった。

心配そうだった表情が、みるみる嬉しそうな顔に変わった。ほっとしたような息を吐きながら、毛布から出ている鏡の手を、力を籠《こ》めて握ってきた。

「ああ、やっぱりそうなんだ。あの……鏡《きょう》くん。あたし、お姉さんの小説、好きです。一番最後の小説も、大好きです。書評は酷《むご》いのがほとんどだったけれど、あたしはあれが一番好き。だから、いつまでも待ってます。星《せい》先生が、新作を書いてくれるのを」

しばし、鏡は城之崎《きのさき》の顔を見つめていた。

凍てつきかけた心が、凍らないうちにほぐれた。胸を疼《うず》かせる温もりが、今度こそ体を満たしていく。

「ありがとう……姉貴も——姉さんも、喜びます。分かってくれる人が、一人でもいてくれるなら」

心の底からの言葉だったが、城之崎は真面目な顔でかぶりを振った。

「あたし一人じゃないよ。あの作品、好きな子はとっても多いの。だから、よろしく伝えてね。星先生のファンは、とてもたくさんいるんだから」

情熱的に言った言葉が自分でも恥ずかしかったのか、城之崎はそそくさと出て行った。

一人病室に残されて、鏡はシーツに体を預ける。

城之崎看護士が示してくれた温もりが、鏡の胸に凝る重石《じゅうせき》をも、柔らかく包んでいるようだった。

その日から二週間が過ぎた。

脳を貫通された大怪我《けが》も、どうやらこれといった後遺症は、残していないようだった。起きられるようになると、鏡はリハビリに汗を流し、体の回復に努めてきた。早く回復して、貸し金庫の件を確認したかった。そしてもう一つ、早く動けるようにならなければ、自分の身に迫るだろう危険から逃れることができないと言う、確信にも似た思いが、辛《つら》いリハビリに立ち向かう意志を後押しした。

——岩倉《いわくら》を殺したのは、やっぱりあの怪物だろうが……けれど、なぜだ？　鹿島《かしま》さんが言ってたように、『天使の夢《エンジエリックドリーム》』は禁止薬物じゃない。効果だって多少感覚を鋭くして、自分の内面を見つめることができるって程度のものだ。

裏ルートで扱われていることは事実だが、人を殺してまで守りたい権益《けんえき》とは思えない。それも一人ならまだしも、すでに十人以上。間違いなく極刑《きょくけい》に値する。それだけの価値があるのだろうか……そう考えている自分に気づいて、鏡は苦笑した。

「あれは、どう見ても人間じゃない。姉貴が考えたような超人がいるならともかく、まさか現実にはね」

そう納得するのが、現実的と言うものだ。もっとも、それでは自分を救った少女の存在も否定しなければならなくなるが、それには眼をつぶって不安を心に押し込め、精神の平衡を保つ。それが一時凌《しの》ぎだろうと分かってはいたが、人間、当座の元気を搾り出さねば、難儀な作業はこなせない。

かくして二週間経った三月初旬、巷《ちまた》に桃の花の香りが満ち溢《あふ》れる頃、めでたく全快の判定が下されて、今日が入院最後の日だ。

しかし、鏡《きょう》には迎えにくる家族はいない。友人との交《まじ》わりも、自ら好んで断っていた。だから退院といっても、たった一人で身支度《みじたく》を整え、たった一人で病棟を後にする。

奥寺《おくでら》医師と城之崎《きのさき》看護士が、忙しい業務の時間を割いて、ロビーまで来てくれた。

「いいかね？　機能障害はなくなったが、脳波に多少の乱れがあるのは事実だ。けして、無理をしてはいけない。なにか異常を感じたら――僕のところが一番いいんだがね。無理だったら、これをもって、大きな病院に行きなさい」

そう言って、奥寺は封書を渡してくれた。

「君のカルテの写しだ。術式の次第や脳の損傷部位、術後の経過まで書いてある。言ってみれば究極のプライベートデータだからね。外に洩《も》らさないよう、気をつけなさい」

「ええと……いろいろとありがとうございました。費用は、明日にも振り込みます」

「済まんな。この病院も慈善《じぜん》事業じゃないのでね」

時代劇なら悪役が口にしそうな台詞《せりふ》をさらりと言って、奥寺は微笑した。

とことこと前に出た城之崎が、花束を手渡した。

「本当は、個々の患者さんに、こう言うことしちゃいけないんだけどね」

と、頬《ほほ》を染めて微笑する。鏡も対応に困って、あげくに花束を受け取った。

にっこり笑った城之崎が、爪先立ちで手を伸ばし、鏡の髪を撫で付けた。

「いいな。もう、こんなところに来るんじゃないぞ♪」

ヤクザ映画ならお馴染みの、刑務所から出所する主人公に向けて、看守が発する言葉だ。

あの手の映画では、服務期間《おつとめ》の間は戦いに巻き込まれることのない、いわば休息期間だ。務《つと》めを終え、一歩娑婆《しゃば》に出た日から、また血で血を洗う、抗争のなかに投げ込まれる。

その主人公と同じく、鏡にとっても姉の行方を追う日々が、また始まると言うことだ。

密《ひそ》かに覚悟を決めつつ、鏡は病院の門を後にした。


何をさておいても、まず姉の言葉を確かめるのが先だった。

幸い、クレジットカードやなけなしの現金、自宅の鍵などは、常に持ち歩く習慣をつけている。夢のなかで姉が口にした、『貸し金庫申込人の代理人』なる権利を施行するのに何が必要かは知らないが、常識的に必要とされるものは揃《そろ》っているはずだ。

家より先に、東京西部の中核都市、八王子に向かう。そこから、私鉄バスでおよそ二〇分。星が蔵書《ぞうしょ》の大部分を預《あず》けている貸し書庫があった。

貸し書庫と一口に言うが、最近よく見かけるような、空いている土地をとりあえず利用しましたと言うような間に合わせのコンテナではない。堂々とした鉄筋の建物に、完全空調の書庫をもつ、恒久的《こうきゅうてき》な建物だ。

作家を生業《なりわい》とするようになってから、星《せい》の蔵書は日を追って増えていた。鏡《きょう》が小学生の頃他界した両親が遺《のこ》した家は決して狭いものではなかったが、なんといっても本は重い。ましてや、星が資料として集める本は、ハードカバーが当たり前。二〇世紀以前に出版された、革装丁《そうてい》の大部の全集などを置いておいた日には、下手をすれば家の根太が抜ける。だから、年間一〇〇万円もの料金を払って、この書庫を借りた。他人には絶対に開けることはないが、ここの職員は鏡の顔を知っている。

大過なく入館を許され、今日は姉が指定した書架に向かった。

「ええと、一七のB、ディクショナリ・ド・フランセの第一巻……これだ」

ずっしりと重い、革装丁の百科事典を取り上げる。背後で見ている、受付の女の子を気にしながら、表紙の裏を探る。

が、指先にはなにも感じなかった。首を傾《かた》けて、もう一度。今度は丹念《たんねん》に探ってみる。

「どうしたの？」

鏡の仕草《しぐさ》を不審に思ったのか、受付嬢が声をかけてきた。

「あ、いえ……別に。なんでもないです。どの項目だったかな、と思って」

当り障りのないことを言いながら、内心落胆した。

夢は夢か。本気で信じた方が悪いのかも知れないけれど、一縷《いちる》の望みを繋《つな》いでいた。

失望しながらもぱらぱらとめくっているうちに、一つの項目が眼に入った。

『M』の項目、『ｍｏｎｄｅ』……『世界』である。

その文字を見た途端《とたん》、鏡は視界の揺《ゆ》らぎを覚えた。

次の瞬間、書庫内の景色に重なるようにして、あの荒涼とした光景が、忽然《こつぜん》と現れた。

「げ……幻覚か？　けれど……あ！」

足元がふらつき、バランスを取ろうとして、重い百科辞典を落としてしまった。

その途端、鏡は眼を疑った。地面に……リノリウムで張られた貸し書庫の床のはずなのに、灰色の石畳《いしだたみ》が広がる、どことも知れない土地となっていたが、そこに落ちた分厚い百科辞典の表紙の裏から、小さな塩化プラスチックの袋に入った銀色の鍵が転がり出たのだ。

一瞬、鏡はためらった。間違いない。確かに先ほどまでは、こんなものはなかった。

それでも、体が勝手に動いていた。素早く屈み込み、鍵の入った袋を取り上げる。

と、その瞬間、くっきりと見えていた別の世界は、拭《ぬぐ》い去ったように消え去った。

「……え？」

もう一度眼をしばたたいたとき、鏡は書庫の床に片膝《かたひざ》を着いていた。

「鏡くん、どうしたの？　大丈夫!?」

受付嬢が駆《か》け寄って、心配そうに呼びかけた。

その声も耳に入らないようにして、鏡は己の右手を見つめていた。

透明な袋に入った、小さな鍵が、確かに掌《てのひら》のなかにあった。

それが挟んであったフランス語の百科辞典は、開かれたまま足元に落ちている。

辞典の表紙裏に、鍵があった。それも、この世界からは見えない、もう一つの世界に。

茫然《ぼうぜん》と見つめていた鏡《きょう》は、我に返るなりそれを掌《てのひら》に握りこみ、百科辞典を拾い上げた。

「え、ええと……篠原《しのはら》さん、すみません。分かりました」

その場を取り繕《つくろ》いながら、辞典を書架に戻す。その際、鍵はポケットに滑り込ませた。

「そう……でも、顔色悪いよ？　大丈夫？」

心配そうに顔を覗き込む受付嬢に、曖昧《あいまい》に笑って立ち上がる。

確かに、さぞ顔色が悪いだろう。夢のなかで聞かされた星《せい》の言葉が正しかったのもショックだったが、何より幻覚だと信じていた——より正確に言うならば、信じようとしていたもう一つの世界が、どうやら現実に存在するらしいのだ。

だとすれば、あの怪物も、現実に存在するのかも知れない。自分に迫る危険が、一段と真実味を増したように思えて、鏡は深々と息を吐いた。

なお心配そうな受付嬢に、大丈夫だと言い張って、鏡は貸し書庫の建物を出た。

希望を抱いてはいたが、それがこのような形で実現して、鏡は戸惑《とまど》っている。しかし、一度走り出してしまったからには、もう止まれない。

「少なくとも、姉貴が生きているのは確かだ。行ってやるよ、姉貴」

自分で自分に言い聞かせ、鏡がバス停に向かった、そのときだった。

「貴方《あなた》一人で移動するのは危ないよ。高階鏡《たかしなきょう》。『傾斜界《けいしゃかい》』には、もう波動が伝わった。気づいた者もいるはずよ。どこで襲撃してくるかも知れないわ」

鮮《あざ》やかに凜《りん》とした、よく通る女性の声が、頭上から降ってきた。

「え……俺のことか⁉」

周囲にはそれなりに気を配っていたが、頭上からとは思っていなかった。

この辺りは、都会化の波が及びきっていず、昔風の農家が点在している。その一軒で、長年の風雪を経《へ》てきたのだろう大きな家の、かつては茅葺《かやぶき》だったのだろう。妙にミスマッチな屋根に、少女が一人、立っていた。

思わず身構えた鏡に向かって、少女は無造作に飛び降りた。

ある種の結晶を思わせる、硬質な美貌《びぼう》だ。栗色がかった髪が傾いた陽光に映《は》え、すらりと通った鼻筋に落ちかかる。きりりとした眉の下で、褐色の瞳が鏡を見つめていた。

「な、なんだよ」

気圧《けお》されるものを感じて、鏡は力んだ声をあげていた。言ってから、しまったと思う。

案の定、少女の美貌にくすりと笑みが浮いた。

「ほっとしたわ。貴方を殺してしまうかもしれなかった。脳に設けられた制御装置を外すのは、それは危険なことだから」

その言葉を聞いて、鏡《きょう》は眉を顰《ひそ》めた。少女の出で立ちは、白いセーターにチェックのマフラー、それにぴったりしたジーンズ。服装に見覚えはないし、端正《たんせい》な顔も記憶にない。

けれど、この娘を知っている……そう思った途端《とたん》、鏡の記憶に、同じ声が蘇《よみがえ》った。

怪物を撃退し、身動きできずにいる鏡に歩み寄ってきた、硬質な光を纏《まと》った女性戦士。

謝肉祭の仮面を思わせた彼女の美貌《びぼう》から紡《つむ》がれた声が、この声だった。

「おまえ！　あの工場で、俺の頭をぶち抜いた、あの女だな!?」

思わず声が上擦《うわず》ってしまったのは、被害者として仕方のないところだろう。

少女は肩をすくめて、諭《さと》すような口調で言ってきた。

「心外だわ。その前に、助けてあげたでしょうに。忘れたの？」

「確かに助けてもらったよ！　けれど、そのあとに頭ぶち抜かれたら、感謝する気になれるはずがないだろ!?　死ぬところだったんだぞ、俺は！」

「けれど、生きているじゃない」

事もなげに指摘され、鏡は言葉を失った。

その顔を見て、少女が微笑する。無機質的なほど端正な美貌にふさわしい、それは氷の彫刻を思わせる笑みだった。

見る者の心を凍てつかせる、雪嵐を思わせる極北《きょくほく》の笑み。それを口辺に浮かべ、しかし瞳は笑わぬままで踵《きびす》を返して、ふと思いついたように、上体を捻《ひね》りつつ言ってくる。

「行きましょう。星《せい》さんが残した財産を、見てもらわなければならないわ」

それだけ言って、さっさと先に立って歩き出した。

唖然《あぜん》としていた鏡《きょう》は、少女が口にした言葉の意味に気づいて、声を荒げつつ呼びかけた。

「おい、待てよ！　おまえ、なんでこの鍵のことを知ってるんだ!?　姉貴の財産って、何だよ。おまえ、姉貴を知ってるのか!?」

しかし、少女は振り返ることはなく、むしろ足を速め出した。鏡がついてくると、確信でもしているかのように。

そのとおり。鏡には、少女に従う以外の選択肢は、残されていなかった。

第二章　氷雪の天使《スイニエーク・アーンギル》

平日の昼下がり、中央線は空いていた。

東京駅まで、小一時間。一二輌編成の最後尾だ。少ない乗客がさらに少なく、ほとんど二人の貸し切り車輌の様相を呈している。

これだけ空いているのに、少女はぴったり体を寄せたまま、ポケットから文庫本など取り出して読み始めた。これはどう解釈《かいしゃく》したものかと、肌に伝わる少女の温もりを感じながら、鏡《きょう》は判断に苦しんだ。

あれきり、少女はひと言も口を利《き》いていない。ただ、さっさと東京までの乗車券を購入《こうにゅう》し、迷いもなく特別快速に乗り込んだところを見ると、星《せい》の消息を知っていると言うのは、あながち嘘《うそ》でもなさそうだ。

そのとき、鏡の携帯電話が鳴った。読書に熱中していた少女が、眉を顰《ひそ》めて言う。

「電車に乗るときくらい、電源切っときなさいよ。常識よ」

「うるさいな。わかったよ」

文句を言いながらもディスプレイを見た。発信者は柴田達樹《しばたたつき》。顔をほころばせる鏡を見て、少女が訊《たず》ねてきた。

「誰？」

「俺の親友だよ。ちょっと待ってくれ。こいつ、俺が入院していたことを知らないんだ」

非難するつもりはなかったが、さすがに少女も、多少の責任は感じていたらしい。ばつの悪そうな顔をして黙り込んだのをいいことに、鏡《きょう》は通話スイッチを押した。

「達樹《たつき》か？　ああ、俺だよ……ごめん。いろいろあってね。連絡が取れなかったんだ」

『無事だったのか……声がいつもと違うぞ。いま、電車のなかか？』

通話口から聞こえる騒音に気づいたのだろう。声が怪訝《けげん》なものに変わった。

「ああ。いま出先なんだ」

『そっか。わかった。今夜でも、おまえの家に行くよ』

安堵《あんど》の気持ちが伝わった。ほっと息をつき、鏡は和んだ声音《こわね》で言う。

「六時くらいには、戻ってると思う。一ヶ月ほど掃除してないから、汚れてるけどな。ああ、そのときに」

通話を終えて、鏡は隣席《りんせき》の少女に問いかけた。

「なあ、今日の用事って、五時前には終わるよな？」

「銀行が三時までだから、終わると思うけど。あんた、いまの友だち、家に呼ぶ気なの？」

あからさまに反対の口調で食ってかかられ、鏡も憤《いきどお》りを露《あらわ》にした。

「俺の勝手だろ。大体、なんであんたが、そんなこと口を出すんだよ！」

「出すわよ。危険だし、あんたには、他の人とはできるだけ関わってほしくないの」

毅然《きぜん》とした口調で言われて、鏡も頭に血が昇った。

「なんだよそれ！　勝手に人の頭傷つけといて、そんなこと言えた義理か!?」

「危険だって言ってるじゃないのよ！　私の忠告がわからないなら勝手にしなさいよ！」

「勝手にするさタコ！　何様のつもりだ！」

ひとしきり言い合って、二人して肩で息をつく。

そして、鏡は最後通牒《つうちょう》のような口調で言った。

「とにかく、達樹は家に呼ぶぜ。文句言うなよな」

「達樹って言うんだ。幸せよね、親友なんて、臆面《おくめん》もなく言える相手がいるのは」

売り言葉に買い言葉とばかり、憎まれ口を叩いた少女に、鏡はまた激昂《げっこう》しかけた。

しかし、ふと思い直した。

少女の顔に、寂しそうな表情が滲んでいる。彫りの深い顔に睫毛《まつげ》の影が落ちかかり、憂いを湛えたように見せている。

こんな顔を見せられては、毒づくわけにもいかない。鏡は視線のやり場に困って、ポケットに突っ込んだままだった鍵の袋を、そっと引き出して眼を落とした。

鍵と一緒に、一枚の紙片が入っていた。そこに記された、ある普通銀行の本店営業部名と、貸し金庫の番号――それは間違いなく、星《せい》の筆跡で記されたものだった。

鏡《きょう》以外に、その行名《こうめい》を知る者はいないはずだ。貸し金庫を契約した星自身《せい》を除いては。

それを、少女は知っていた。つまりどのような経緯《けいい》にせよ、少女と星の間に接点があったことを物語る。

この袋は、警察の捜索にも見つけられることなく、鏡を待っていた。現実の世界と重なり合った、もう一つの表紙の裏。それが、最良の隠し場所だった……星がそう考えたのなら、彼女は失踪以前から、あの妙な世界を知っていたのかも知れない。

星が書いた最後の小説を、鏡は思い出した。

小説文学新人賞を、中学三年生で受賞し、前代未聞の才能に恵まれた純文学作家として文壇に立った高階星《たかしな》は、以来アメリカに留学し、そこから小説を発表していた。

心理学と薬学を修めて空前の成績で卒業して、帰国第一作として書き上げた長編小説がそれだったのだが、その小説を一読した評論家は、例外なく顔面蒼白《そうはく》になった。

彼女のジャンルは純文学だ。日本の純文学は——星は違うと主張していたが、世に認知されている範囲では、日常の細片を切り取り、リアリズムに徹することで、人間を描こうとするものだと、そう考えられている。

また、それこそが唯一の文学だと、このジャンルに関わる者の多くが考える。エンターテインメントの作品は一切認めず、彼らの言う『純文』のみが、日本文学の名にふさわしい——そう信じている者たちにとって、星は爆弾を投げ込んだようなものだった。

それは、この世界と重なり合って存在する、もう一つの世界を舞台にした、評論家たちに言わせれば『荒唐無稽《こうとうむけい》な』小説だった。

別の世界から、この世界に現れる怪物たち。主人公の少年は、誰も信じようとしない状況下、たった一人でその境目を塞《ふさ》ごうと奮闘するが、圧倒的な力の差が、少年を追い詰める。あわやと言うとき、少年の涙が、もう一つの世界から呼び出したものがあった。

その正体が、最後の小説で語られることはなかった。おそらく、続巻を意図していたのだろうが、しかし続巻はいまのところ、刊行されることなく終わっている。

作品自体は面白《おもしろ》かった。ヤングアダルト系やＳＦ系の作家や評論家たちは、絶大な支持をもって、純文学出身の、若い女性作家を出迎えた。

そのこと自体が、純文学系の書評家たちには耐え難い屈辱と映ったようだ。罵倒《ばとう》と誹謗《ひぼう》の嵐のなか、星はある日忽然と姿を消して、以来鏡は、姉を探し続けている。

「『影に立つ神々』か……」

呟いた鏡に、少女が顔を上げた。

やや色素の薄い瞳を眩《まぶし》しそうに細めた少女に、鏡は気後《きおく》れを覚えながら呼びかけた。

「なあ、ええと……」

「私の名前は、夏芽沙織《なつめさおり》。年齢は、貴方《あなた》と一緒よ。一七歳」

「は、はあ……じゃない。夏芽さん、か……あんた、どこで姉貴と逢《あ》ったんだ？」

淡々《たんたん》と答える少女に気圧されそうになりながら、鏡《きょう》は己を奮《ふる》い立たせて問いかけた。

「沙織《さおり》でいいわ。貴方《あなた》が満足できる答えを返せるかどうかわからないけれど……私はね。この世界では、彼女に逢《あ》っていないの。逢ったのは、あちらでの話」

「あちらって、あの、もう一つの世界って奴か？」

予想外の答えではあったが、鏡はさほどに動じない。夢のなかで星《せい》が語ったとおりに鍵を手に入れたことで、そうした言葉に免疫《めんえき》ができたのかもしれなかった。

話を聞く姿勢でいる鏡を見上げるようにして、少女は軽く肩をすくめた。

「その表現が正確かどうか、微妙なところね。なぜなら、あの世界はこの瞬間も、確かに実在しているのよ。私たちが認識できる、この世界と重なり合ってね。だから、空間的な距離は関係ないし、時間的に隔たっているわけでもない。あれは、この世界でもあるのよ。だから、星さんはあの世界を、『傾斜界《けいしゃかい》』と呼んでいた」

「『傾斜界』……斜めの世界？　ええと、つまりパラレル・ワールドって奴か？」

問いかける鏡に淡い褐色の瞳を向けて、沙織は静かに唇を開いた。

「少し違うわ。多重世界は、この世界と並行して、別の世界が別の次元に存在すると言う考え。傾斜界は、別の次元にあるわけではないの。ただ、位相《いそう》がずれているために、普通の人間は認識できないし、体に触れることもない……ある処置を施された者を除いてね」

苦笑とも憫笑《びんしょう》ともつかない笑みが、そのとき沙織の口辺《こうへん》に浮いた。

「つまり……この瞬間にも、この電車は傾斜界の建物を突き抜け、大河を渡っているかも知れないわ。もしかすると、あちらの住民には山と見えているただなかを、走っている最《さい》中《ちゅう》かも知れない。極微小《ごくびしょう》の確率だけれど、星《せい》さんと貴方の体が、この瞬間に重なっていることもありうるのよ」

「えっ!?」

思わず、鏡は腰を浮かせる。沙織は初めて、楽しそうな笑い声をたてた。

「大丈夫よ。同時に存在と言っても、角度が違うから認識できないし、こちらからも向こうからも、干渉《かんしょう》はできないんだから……本来はね」

ふ、と陰《かげ》りが宿った。その陰りが気になった。鏡は口をつぐみ、改めて問いかけた。

「だからさ、その傾斜界って言うのがどう言うものなんだ？　姉貴がそこにいるったって、認識できないなら見えないし聞こえないはずだろ？　けど、俺はその世界を見たし、この鍵はそこにあったんだぜ」

袋を掲《かか》げてみせる鏡に、沙織は眉を顰《ひそ》めて鼻を鳴らした。

「普通ならって言ったでしょう？　私も星さんも普通じゃないのよ。いままでは貴方もね」

「俺も？　そりゃ、いままであんなもの見たことがなかったんだから、普通じゃなくなったのかも知れないけど……あ、もしかして！」

突然、鏡は気づいた。

沙織《さおり》が言う『傾斜界《けいしゃかい》』を、鏡《きょう》が初めて見たのは、医王堂《いおうどう》病院脳外科病棟のベッドの上だ。

それ以前には、一ヶ月もの間、昏睡《こんすい》状態だったと聞かされた。その間に、鏡《きょう》を『普通でなくした』何かが起こった。とすれば、それは鏡の頭蓋《ずがい》骨を貫通し、脳を傷つけたと言う金属棒しかないではないか。

その傷を負わせた張本人が、眼の前にいる。常識では考えにくいことだが、すでに鏡は常識外のことでも、事実として受け入れる、そんな下地をつくってしまっていた。

「もしかして、おまえ、俺にあの世界を見せるために、あんなことしでかしたのか!?」

回答次第ではただではおかない。そんな気迫を込めて声を張りあげる。

ちょうど立川に停車した車輛に乗り込んできたサラリーマンらしい中年の男が、脅《おび》えたような顔して回れ右。そそくさと降りていき、隣の車輛に逃げていく。

「大声出さないでよ、みっともない」

にべもなく言った沙織が、姿勢を正して頷《うな》いた。

「そう。あの《氷雪の天使《スイニエーク・アーンギル》》が、私。いわば私の戦闘形態ね」

――やっぱり、そうなのか。内心で戦慄《せんりつ》しながら、鏡は勇を鼓して問いを重ねる。

「だったら、なぜ俺を、死ぬような目に遭わせたんだ!? さっきから聞いていると、おまえは姉貴と知り合いなんだろ? その弟だぜ、俺は」

「そうよ。私は、貴方のお姉さんと逢《あ》ったし、尊敬してる。私に生きる力をくれたのは彼女だったし、その術《すべ》も教えてもらったから。けれど、貴方《あなた》は星《せい》さんじゃない。だから、私が大切に思う必要もないことだわ」

「そ、そう言うことを言うか、普通」

あまりにさらりと言い切られ、憤然《ふんぜん》とした鏡に、沙織は顔を突きつけた。淡い褐色の瞳に強い光が凝《こ》っている。意気込んだ鏡も、その双眸《そうぼう》に籠《こ》められた意志の激しさに、口にしかけた言葉を呑み込んだ。

「私の心がわからないなんて、非難する気はないわ。人間なら、他人には推し量ることのできない闇《やみ》を抱えているものだから。だからこそ、貴方にも口出ししてほしくないの」

静かな口調だ。しかし、迸《ほとばし》る言葉は鋭い。ひと言ずつが灼熱《しゃくねつ》しているようだ。

低温のために火傷《やけど》に似た症状を引き起こさせる、ドライアイスと呼ぶべきか。言葉に籠められた威圧感から、沙織が抱いていると言う『闇』の深さも見て取れる。そう思えた。

なるほど沙織の言うとおり、本人でない限り、人の心に踏み込むなど、仇《あだ》やおろそかにすべきでない。そのこと自体は、鏡自身にも嫌と言うほど覚えがあった。

鏡は息を吐き、口調を改めた。

「わかった。あんたの心のなかには立ち入らない。けれど、俺に命に関わる傷を負わせたのは事実なんだからな。その理由だけは教えてもらうぞ」

鏡が案外あっさりと引き下がったことで、沙織は驚いたような表情を浮かべた。

しかし、彼女なりに納得したのだろう。小さく顎《あご》を引き、次いで口調を改めた。

「そうね……貴方《あなた》には訊《き》く権利があるし、私には答える義務があるわ」

そう言って、沙織《さおり》は固い口調で話し始めた。

「さっきも言ったけれど、世界は固定しているわけではないの。私は一三歳のとき、その現実を思い知らされたわ」

「一三歳のとき？　中学生か」

「日本のじゃないけどね。私はその頃、アメリカに住んでいたの。父親がある都銀に勤めていて、転勤になってね。母親も同じビルの、ロシア系商社に勤めていた。もっとも、母は転勤になったわけじゃなくて、その会社の社員に昔の知り合いがいたから。アメリカ人の社員に、ロシア語を教えてくれって頼まれたのよ」

「ロシア語を？　ああ、そうか」

片方の眉を上げた鏡《きょう》が、沙織の横顔を見ながら頷《うなず》いた。

沙織の顔は彫りが深く、すらりと通った鼻筋は日本人の平均より明らかに高い。髪も染めている様子はないが栗色がかり、瞳の褐色も、日本人より薄そうだ。

また、肌が抜けるように白く、長くカールした睫毛に彩られた眼もとが、けぶるような印象を与えてくる。日本人とは趣を異にする、コーカソイドの特徴だ。

瞳だけを向けてきて、沙織は静かに微笑んだ。

「いまどき、ハーフは珍しくないでしょう？　私のフルネームは、夏芽《なつめ》アーグニャ沙織。英語で言うとアグネス。喋れるのは日本語と英語、母の仕込みでロシア語もいけるわよ」

「はあ……たいしたもんだな」

これは、素直に感心するしかない鏡である。なにしろ、中学校から英語の授業などまともに受けたことがない。英語はもちろん日本語も正確に使えるかどうか自信がなく、ロシア語などもちろん、一言も知るはずがない。

情けないことに、それだけで圧力がぐんと増えたように思えた。

「……どうしたの？」

鏡の気迫がいきなり萎《な》えたのを察してか、沙織は眉を顰《ひそ》めて問うてきた。

「い、いや……いいな、あんたは。バラエティに富んだ両親で」

言ってから、なんだか馬鹿にしたように聞こえなかったかと不安になる。無論、鏡には彼女の容貌をあげつらう気など欠片《かけら》もないが、こうしたことには、鏡は結構気が回るのだ。

沙織は肩をすくめ、おかしそうに言った。

「まあね。でも、アメリカなら珍しくもないことよ。でも確かに、同じ日本人子弟からの疎外感は感じたかな」

「そ、そうか……」

やはり、多少は傷つけてしまったか。

そう考えて、鏡《きょう》は沈み込む。元不良としては情けないと思わないでもないが、実は正統派の不良とは、堅気《かたぎ》の相手には気を遣《つか》うものなのだ。

そんな鏡を眺めていた沙織《さおり》が、幾分か面白そうな声音で言った。

「気を遣わなくていいわ。あの頃の私は、日本人としては異邦人だったけど、国際社会では素直に溶け込んでいたから。ロシア人はね、一度同胞と認めた相手にはとことん心を許すのよ。だから、私もごく自然に、同じ国際社会で生きていくものだと思ってた」

氷の美貌《びぼう》に穏やかな柔らかみが浮かび、ぽつりと言葉が洩《も》れた。

「まさか、両親と一緒にみんないなくなっちゃうなんて、考えもしなかったわ」

「みんな？　なにがあったんだ？」

鏡はその一言のなかに、覆《おお》い隠しようもない、暗い響きを聞き取った。

沙織は正面を向いたまま、無表情な口調で言った。

「二〇〇一年九月十一日——覚えてるでしょう？　両親が勤めていたビルは、ニューヨークの貿易センタービルよ。二人とも、同じタワーに勤めていたの」

「あ……」

思い出した。

二一世紀最初の年の、九月十一日。世界を震撼《しんかん》させた、対米無差別テロが発生した日だ。イスラム原理主義を掲げる国際テロ組織アルカイダが総力をあげたそれは、アメリカの国内線を飛ぶ旅客機を乗っ取り、乗客ごと目標に突入すると言う、誰一人として夢想だにしないものだった。

全米で五機のジェット旅客機が乗っ取られ、二機がアメリカ最大の都市、ニューヨークの象徴、国際貿易センタービルに、一機がアメリカ軍の総本山、国防総省に突入した。

残る二機も、それぞれ突入自爆を志していたのだろうが、乗客たちの抵抗によって目的を果たせず、それぞれ墜落して果てた。

当事はまだ不良の道を歩むことなく、まあごく普通の中学生だった鏡も、ニュースを観たときの衝撃は覚えている。その衝撃を思い出しつつ、鏡はなにも言えずに頷いた。

沙織はあえて、表情を押し殺しているかのように、静かな口調で言葉を継いだ。

「私は、一瞬にして孤児になった。父の銀行は、行員が死んだとなれば冷たいもので、まったく知らん振り。母の会社は、会社ごとなくなってしまったし、母の実家と父の実家、双方が声をかけてくれたけど、私は父の方にお世話になることにした」

「……それで、苛《いじ》められたとか？」

辛うじて、鏡は問いかけた。

自分も覚えがある。家庭が欠けている――そうみなされた者たちに対しては、風はみな同じ方向から吹く。南風も、西風もない。すべて北風ばっかりだ。

状況は違えど、自分たち姉弟と、似たような状況だ。沙織の場合は、両親の国籍が異なっているだけ、さらに辛《つら》いものだったかも知れないが。

しかし、沙織《さおり》はくすりと笑ってみせた。

「覚えていないわ。正直なところ、気を配っていられなかったの。辛くて、いまの自分が嘘《うそ》だと思えて。だから、あの頃の私を苛《いじ》めた人がいたとしても責める気にはなれないわ。いつも陰々滅々としていて、さぞ嫌な娘だったでしょうから」

「そう言うの、間違ってないか？」

口を出す鏡《きょう》だが、沙織は通り過ぎる車外の風景を見つめながら、淡々と言葉を紡《つむ》ぐ。

「あの事件で私が学んだのは、世界は固定したものではないと言うことと、自分さえ確かなものではないと言うこと。現実は簡単に壊れるし、変わる。私自身すら、私に従ってくれない……私はね、鏡くん。本当は、もう死んでいてもおかしくないの。両親が死んで半年後に、体の不調を感じたわ。検査の結果は、悪性高血圧——原因不明の難病よ」

沙織は向かい側の車窓《しゃそう》を見つめたまま、微動だにしていない。

ガラスに顔が映っていた。鏡は一つ深呼吸して、姿勢を正す。二人の並んだ顔が、東京西部の住宅地が後方に走っていくなかに、表情を固くして浮いている。

「精神的なダメージがなんらかの影響をもったのか、あるいは何か他の原因なのか、まったくわかっていないの。確かなのは、私が長くて数年と、寿命《じゅみょう》を限られたことだけ。それを聞いて、私も正直動揺した。星《せい》さんの本と出逢《であ》ったのは、そんなときだった」

星の小説は、登場人物一人一人の心の襞にまで分け入りながら、それぞれの人生を克明に、しかも興味深く歌い上げるものだった。

その小説を、沙織は命のよすがとして読みふけったと言う。

笑顔で家を出た両親が半日経たないうちに、崩壊《ほうかい》するビルのなかに消えてしまって、二度と逢えない現実。その両親の形見になった体も、半年と経たないうちに病魔に犯された。

この世界に、確かなものは一つもない。そう思い知らされた少女にとって、拠《よ》り所とするものは、星が生み出す文学の世界しかなかった。その作品に息づく、視点を固定しない柔軟な思想に、沙織は魅了されたのだ。

もう、電車は三鷹を過ぎた。まもなく新宿に着くだろう。そうすれば、さすがにこの車輌にも、乗客が来るに違いない。

と、沙織の瞳に、ほんのわずかな揺らぎが浮いた。

「鏡くん、傾斜界《スロープ・ワールド》『斜めの世界』って言うのはね。チェコの思想家で、心理学や哲学、社会学を修めているスラヴォイ・ジジェクと言う人物の著作からヒントを得て、星さんが名づけたものなのよ。私たちの世界と重なり合って存在しながら、認識できないために出会うことのない世界。ただ、方法によっては認識することも、同調することもできる」

「姉貴が名づけた？　それじゃ、姉貴が発見したのか？」

鏡が発した新たな問いに、沙織は肩をすくめることで答えた。

「それはわからないわよ。私が接したのが、星《せい》さんだったと言うだけの話」

この話題はそれだけで打ち切って、沙織《さおり》は強引に、話の流れを引き戻した。

「眼に限らず、感覚器官から取り込まれた情報は、その受容器《じゅようき》を通じて信号として脳に受け取られ、その信号を脳で認識した後に処理されるの。つまり、眼に映ったものではなく、脳に見えているものが、実際に存在しているものなの。人間にとってはね」

沙織は鏡《きょう》が理解しているかどうかは気にしないとばかりに講義《こうぎ》口調で言って、

「視覚情報の受容器が受け取った情報は、脳のなかのフィルターを通して翻訳される。《傾斜界《けいしゃかい》》をそのまま見るには、そのフィルターを機能させない必要があるわ。その方法は、二つある。一つは、星さんが見つけた方法——薬物を使うのよ」

「まさか……『天使の夢《エンジエリックドリーム》』か!?」

沙織が何を言わんとしているのか直感的に覚って、鏡は声を上擦らせた。

端正《たんせい》な顔を頷かせ、沙織が続ける。

「そのとおり。一種の向精神薬《こうせいしんやく》でありながら、習慣性や生理作用への悪影響がない、理想の薬品。そう言われているけれど、実はあるのよ。副作用がね」

言いながら、沙織は自分の頭を指した。

「生物の脳にはね、自分が属していない世界を認識しないようにする安全装置がついているのよ。当然でしょうね。自分に関係ない世界をいちいち認識していては、自分の生死に関わりかねないもの。『天使の夢』は、他人とのコミュニケーション・スキルをもっていない人に、そのスキルを薬理的に与える薬物。その認識は、間違っていないわ。ただ効果がありすぎて、脳が隠していた世界まで認識できる能力を与えることがあるのよ」

鏡が蒼ざめていることに気づいた。小首を傾《かし》げ、不審そうに言ってくる。

「なによ、その顔は。貴方も感づいてはいたんでしょう？　星さんの失踪には、『天使の夢』が関係あるって、だから売人《ばいにん》を追っていたんじゃないの？」

呆《あき》れたような顔を向けられて、鏡は唇を尖《とが》らせる。

「姉貴は『天使の夢』を、よく小説に出していたからな。もちろん、あんたの言うコミュニケーション・スキルの手助けとしてだけど、あの薬は高値を呼んでる。それで麻薬取締法にも引っかからないから、ヤクザやら不良グループにはいい金儲けの手段になる」

この程度のことは、当然沙織も知っているだろう。

しかし、あえて鏡は、姉が失踪した当時に警察が示した、捜査方針の一つを口にした。

「妙な人脈をもってる姉貴のことだから、なにか特別なルートを知っていて、その絡みで、事件に巻き込まれたんじゃないか……警察は、一時そう見ていたんだ。その後、捜査方針は変わったけどな」

「でも、貴方《あなた》はいまでもそう考えている」

間髪を入れず、沙織が言った。

一瞬言葉に詰まったが、鏡《きょう》は不承不承《ふしょうぶしょう》頷《うなず》いて、

「ああ。姉貴は一時、あの薬に人生懸《か》ける勢いだったからな。それはもう、ちょっと異様なほどだったよ。どうしてあんなに入れ込むのか、わからなかった」

「ふうん。私には、なんとなくわかる気がするな」

独り言のように呟《つぶや》いた沙織《さおり》は、しかしそれ以上は続けようとせず、話を続けにかかった。

「いままでに『傾斜界《けいしゃかい》』に接触した者はほとんどが、『天使の夢《エンジェリックドリーム》』の作用によって、脳の制限機構を超えてしまった者たちよ。彼らは大概《たいがい》、そう言う世界と接触できるかも知れないと言う情報をもって、意識的に接触を図っているの。当然、最初からある目的をもって。そこで、もう一つの方法についてだけど」

「……その、脳の制限領域を、人為的に壊すってか？」

沙織の言葉を遮《さえぎ》って、鏡が言った。

大きな眼を瞠《みは》った沙織が、にわかに声を潜めた。

「なんでわかったの？」

「別に。ただ、普通の人間なら、脳のなかに制限機構があって、感覚を遮断《しゃだん》しているって言うんだろ？　一方が薬の力でそれを超えているなら、もう一つは手術なり何なりで、それを取り除く方法なんじゃないかと思ったのさ」

沙織と言い争うつもりはない。代わりに、鏡は額《ひたい》の傷に指を当て、恨みがましく言った。

「だから、俺の頭に鉄棒を突き刺したのか？　無茶だぜ、まったく。一歩間違えば死んでいたって、医者に言われたんだからな」

少しは良心の呵責《かしやく》を感じてみろ。

本当は、そう言いたかった。しかし、沙織は毛筋ほども動じた様子は見せなかった。

「うん……五分五分より分はだいぶ悪いかな。なにせ私にも、本当にその部位に、脳の感覚制限体があるかどうか、わかっていたわけじゃないんだし」

さして悪びれてもいない言葉を聞いて、鏡はさすがに眼を剥《む》いた。

「おい、本気か⁉　そんなあやふやな根拠で、俺の命を……」

声を荒げるが、沙織は恐れ入る素振りもなく、腕を組んで一人頷《うなず》いた。

「あの姿のときは、私は感覚も運動能力も、常人の数百倍になるのよ。私のときと、一ミクロンもずれないように打ち込んだから、死にはしないと思ったんだけど」

「あんたのときって……薬を使ったんじゃないのか？」

眼をしばたたく鏡に、沙織は前髪をかき上げて、顔を向けた。

「ほらね、このとおり」

本人が言うとおり、滑らかな白いこめかみに、ぽつんと小さな傷がある。

もう完全に治癒《ちゆ》している。改めて言われなければ、気がつかないほどのものだった。

「自分がそう言う病気だって言う診断を受けてから、一月くらい経《た》っていたかな。通院の帰り道、ふらふら歩いていたら、とあるビルの建設現場にさしかかったの。鉄材やら金具やらが散乱していたわ。そこに、運転を誤った車が一台、突っ込んできてね……」

その車が工事現場のガラクタを跳《は》ね上げ、一本の針金がどう言う偶然に導かれたものか、まっすぐ沙織《さおり》を指して飛んできた。

拳銃の弾丸に匹敵する速度で飛んできた針金は少女の頭に突き刺さり、沙織は理由がわからないままに、頭に激痛を覚えて昏倒《こんとう》した。

人通りの多い通りだったため、彼女はすぐさま、出てきたばかりの病院に運ばれた。

頭蓋骨《ずがいこつ》はもちろん、脳まで貫通された重傷だった。集中治療室に収容された彼女は、約一ヶ月間死線をさまよい、そして回復した後には、奇妙な後遺症が確認された。

「それが……」

口ごもる鏡《きょう》に、沙織は淡々と頷《うなず》いた。

「貴方《あなた》と同じ。と言うより貴方が私と同じ。脳の制限領域が、その傷で破壊されたのよ」

沙織の額に残る傷は白皙《はくせき》の肌に映えて、氷の人形に刻まれた彫刻刀の一掻きに見える。

「……なによ」

まじまじと見つめる鏡の視線に気づいたのか、沙織が顔を向けた。

白い肌に、ほのかな紅色が射している。艶《つや》やかな肌が、窓から差し込む陽光にあいまって、鉱物の結晶を思わせる輪郭《りんかく》が、にわかに柔らかいものに変わったようだ。

沙織の唇から紡《つむ》がれた咎《とが》めるような口調に、鏡はかぶりを振った。

「い、いや……悪かった。嫌なこと、思い出させたな」

「なんてことないわ。正直なところ、初めて傾斜界《けいしゃかい》が見えたときには驚いたけれどね。その頃の私は、結構自暴自棄《けっこうじぼうじき》になっていたから」

苦く笑って、沙織は肩の力を抜いた。

「俺にも覚えがあるよ。未来に向けて敷《し》いてあるように思っていたレールが、一本ずつ取り払われていくみたいなもんだよな」

自分の境遇に引き比べて、鏡は頷いた。

鏡と星《せい》の両親は、沙織の両親のように一度にいなくなったわけではない。

小児科医だった父は、学会出席中に昏倒し、二度と意識を取り戻すことなく逝《い》った。

蜘蛛膜下《くもまくか》出血だったと言う。その頃から小児科医の数は少なく、病気になる子供の数は、小児科医より遥《がる》かに多い。自宅兼医院での診療に、昼夜の別なく応じていた父は、過労のあげくに倒れたのだろうと、後になって聞かされた。

薬剤師だった母親は、別の病院に働きに出た。医院を処分し、降りた生命保険金で郊外にマンションを買って引っ越して、二年後に母親も逝った。

クラブ活動で遅くなった鏡を心配し、外の通りまで様子を見に行ったとき、暴走してきたワゴン車に撥《は》ねられたのだ。

そのときには、星《せい》はまだ作家としてデビューしていなかった。収入は母のそれに頼る生活だったため、高階《たかしな》家の生活は一気に困窮《こんきゅう》した。

そのときの思いを、鏡《きょう》はいまでも覚えている。未来に向けて、幾筋もあった道筋が、一本ずつ取り除かれていく。その思いは、耐え難いほど辛《つら》かった。

鏡の言葉を聞いて、沙織《さおり》は息をつく。

「そうね。私にも、夢は幾つもあったんだ。それが、一つずつなくなってった。その度に、私と言う人間も、その分だけなくなってくような気がするんだ。だから、いつか私は、消えてなくなってしまう。だから、道連れが欲しかったのかな」

「お、おい。それ本気か？」

思わず、鏡は声を上擦《うわず》らせた。

小さく笑って、沙織はかぶりを振った。

「ううん、嘘よ、嘘。ごめん」

薄茶色の瞳を車外に向け、口元をほころばせて言う。

「私の代わりに、誰でもいいから、夢を実現してほしいと思っているの。きっとそれが、私がやれることなんだと思う。傾斜界《けいしゃかい》に接触して、同調できる人間だったと言うのが、私にとってはせめてもの幸運だったと思うの。だから……」

沙織が言葉を継《つ》ごうとしたとき、車輌は新宿駅に到着した。

さすがに平日の午後でも、乗降客は半端《はんぱ》ではない。奇跡的に鏡たち以外には乗客がいなかった最後尾車輌にも、どやどやと大勢が乗り込んできた。

必然的に、会話は中断を余儀なくされた。一気に騒がしくなった車内で、二人は押し黙ったまま、揺られ続けていた。


終着の東京駅に着いたのは、午後二時三〇分。丸の内北口から、その銀行の店舗まで一〇分といったところか。初めて行く道だったが、意外と沙織が知っていた。

「こう言う、インターナショナルな顔してるからね、外貨預金《よきん》とか、時々使うのよ」

と事もなげに言っていたが、別に預金と顔立ちは関係ないだろう。

そんなこんなで、東京営業部の店舗に入ったのは、午後二時五〇分を回っていた。

ただっ広いロビーには、お客の姿はほとんど見られない。いかにもビジネスマンといった出で立ちの男女がちらほらといるだけで、自分たちが場違いに見えること夥《おびただ》しい。

どぎまぎしている鏡の腕を引いて、沙織が店内の一隅を指差した。

「あそこが、貸し金庫のカウンターだわ。資料を取り出すだけだから、時間はかからないでしょう。行ってらっしゃい」

「お、おい。一緒に行ってくれないのか？」

慌てる鏡に、沙織は呆《あき》れたとばかりに背を反らし、ため息まじりに言ってきた。

「当たり前でしょ？　貴方《あなた》に渡すものなのよ。もっとも、後で見せてもらうけど」

それだけ言って、沙織《さおり》はロビーの長椅子に腰掛け、澄まして雑誌など繰《く》り始めた。

「だったら、ついてきてくれてもいいじゃないか」

ぶつぶつ言いながら、カウンターに向かった鏡《きょう》は、窓口の女性行員に名を告げる。

「はい、高階《たかしな》さま……恐縮ですが、本人のご確認ができる証明書、なにかお持ちでいらっしゃいますか？」

署名捺印《しょめいなついん》した開封申請書を受け取って、女性行員はあくまで丁寧《ていねい》な口調で問うてきた。

「免許証でいいですか？　それなら……」

パスケースに入れた単車の免許証を取り出そうとして、ふと気づいてその裏に仕込んである、もう一枚の免許証を指に挟む。

単車の免許証は正規のものだ。もう一枚のそれも、写真や姓名、現住所などは単車用と寸分変わらないが、生年月日がいじってある。生年が三年早く、その免許証によれば、鏡はもう成人していることになっている。

銀行と言うところは、身元証明にやかましかったはずだ。顧客の秘密を納めた貸し金庫の代理人なら、未成年は認められないのではないか。なんとはなしに、そう思ったのだ。

その配慮が効を奏したようだ。女性行員は偽造免許証を一瞥《いちべつ》して、笑顔で言った。

「申し訳ありません。では、そちらのソファでお待ちくださいませ。お持ちいたします」

そして、奥の方へと入っていく。まもなく出てきたときには、愛想《あいそう》のない灰色に塗装された、奥行き四〇センチ、幅と高さそれぞれ二〇センチほどの、金属製の箱を抱えていた。

「すみません……あの、もう閉店ですか？」

ロビーの方から、モーター音が聞こえてくる。ガードマンに付き添われた行員が、正面のシャッターを下ろしている様が、カウンターの内側からも窺《うかが》えた。

女性行員はにっこり笑い、

「ええ、三時ですから。けれど、気になさらないでください。私どもは、まだまだ仕事していますから。ごゆっくりどうぞ」

そう言うものなのかと納得して、鏡は貸し金庫の鍵を開いた。

幾《いく》つかの書類が入っていた。一つは、いま鏡が住んでいるマンションの権利書。そして、姉が契約したらしい生命保険証書。定期預金や株券も、かなりの数が収められている。

それがすべて、姉が手がけたものだ。胸が詰まるように思って、しばしそれらに手を触れる。と、それらの下にかなりの厚みをもつ封筒があった。

取り出してみた。Ａ４判――星《せい》が小説を書いたあと、いつもプリントアウトしていたサイズの、見開き一〇〇枚以上ありそうな、それは小説の原稿だった。

「姉貴の、原稿？　未発表の原稿が、あったのか？」

半ば信じられないで、鏡は最初のページを見返した。

『黄昏《たそがれ》の道化師《どうけし》──オイレンシュピーゲル　如月星華《きさらぎせいか》』

星《せい》が使うペンネームだ。

姉が書いた、どこにも発表されていない原稿が、ここにある。

茫然《ぼうぜん》として数枚めくり、鏡《きょう》は我に返った。

「たぶん、これのことなんだろうな。姉貴が、俺に報《しら》せようとしたのは」

権利書や株券は、確かに財産だ。しかし、わざわざ弟の夢を通じて報せるほど、差し迫った必要がありそうにも見えない。

間違っていたとしたら、改めて来ればいい。そう自分に言い聞かせ、金庫の蓋《ふた》を閉め、施錠《せじょう》する。女性行員を呼んで礼を言い、バッグを肩に立ち上がる。

「姉貴、これで、何を知らせたいんだ?」

原稿を収めたバッグに手を当て、問うてみた。

しかし、無論《むろん》のこと、答えは返ってこなかった。


立ち上がった鏡を視界の端に認め、沙織《さおり》は雑誌をマガジンラックに納めた。

「ありがとうございました」

行員たちに見送られ、戻ってきた鏡を、見上げながら問いかける。

「どう?　星さんが何を渡したかったか、わかった?」

「まあな……あんたは聞いているんだろ？」

鏡の問いに、沙織は肩をすくめてみせた。その動作だけでは、肯定か否定かわからない。

「どっちとも言えないな。でも、私の予想が正しければ、小説か企画書か、そういったものだと思うわよ――どうしたの？」

鏡が立ち止まり、妙な顔をしているのを見たのだろう。沙織が怪訝《けげん》な顔で問うてきた。

「いや……聞いていないのか？　それにしちゃ、当たってると思ってさ」

「見当がつくわよ。星さんとしては、貴方に力をもってほしいと思ってるだろうから」

「どう言う意味だよ」

訊《き》き返した鏡だが、二人の会話は警備員が近づいてきたため中断された。

「お客さま、こちらがお出口でございます」

正面シャッターが閉まったために、出口がわからなくて困っていると思われたようだ。

その誤解に乗った沙織が、いかにも助かったとばかりの笑顔を振り向けた。

「ありがとうございます。わからなくて、困ってました」

なにしろ尋常《じんじょう》でない美少女だ。五〇代と見える警備員は、その笑顔を目《ま》の当たりにして、満面の笑みを浮かべ、二人を丁重に、時間外出入り口へと誘導した。

そろそろ三時半を回っていた。丸の内オフィス街は、東京駅を挟んだ八重洲《やえす》側に比べて人通りは少ないが、それでもまだ数メートル歩くごとにすれ違う程度の通行人はいる。

二人の会話は、人とすれ違う度に途切《とぎ》れ、行き過ぎてから再開されると言う形になった。

いままた、どこかの大企業に勤める総合職キャリアといった雰囲気の女性とすれ違い、口をつぐんでいた鏡《きょう》が、その女性と数メートル離れたと見るなり、慌しく問いかけた。

「どう言うことなんだ？　力って言ったって、俺はあんたに脳をぶち抜かれて、傾斜界《けいしゃかい》とかを見られるようになったんだぜ。他になにかあるのか？」

「見るだけね。自分だけは危険を察知できるけど、それだけのこと。その危険を避けられるとは限らないし、まして他の人を助けることはできないわ」

「危険なのか？　それは、初めてあちらを覗《のぞ》いたときは、えらく敵意を感じるものが押し寄せてきたようで焦ったけどさ。眼を閉じれば、どうってことなかったぜ。大体、あんた言ったじゃないか。こちらの世界と向こうとは、接触できないって」

素っ気なく言う沙織《さおり》の言葉に、鏡が首を捻ったときだった。

沙織が立ち止まった。全身が緊張したように思え、にわかに周囲の空気が張り詰めた。

「……どうしたんだ？」

立ち止まった鏡に、沙織は張り詰めた声で言ってきた。

「後で話そうと思っていたんだけれど、さっき説明した法則には、例外があるのよ。傾斜界には、基本的に生命体は存在しない。けれど、生命は存在しているの。それが、こちらの世界のある種の人間と一体になったとき、彼らは二つの世界の境界を超えて、互いの世界に干渉できるのよ。それを称して、——『越境者《えっきょうしゃ》』と呼んでいるのよ」

そう言いながら、沙織は腰を低めた。

近寄りがたい雰囲気が、一段と強くなる。それは、もはや単なる雰囲気ではない。

近寄る者を排除し、押しのける。そんな物理的な障壁《しょうへき》だ。

「呼んでいるって、誰が!?」

圧力を堪えながら、鏡が叫んだ。しかし、沙織の薄茶色の双眸《そうぼう》は、行く手に据えられたまま動かない。ただ唇だけが、鏡の問いに答える言葉を紡《つむ》ぎ出す。

「『天使の夢《エンジエリックドリーム》』の副作用については、アメリカの未来戦研究所でも研究を始めているのよ。精神に対する亢進《こうしん》作用は、将来の個人装備に重要な要素を加えうる。ただし、私たちが掴《つか》んでいるレベルまでの情報を、彼らが把握しているかどうかは未知数だけどね……軍は保守的な機関だから。こんな荒唐無稽な情報が、上層部で取り上げられるとは思えないと、星《せい》さんが言ってた」

「要は、あんたと姉貴で勝手に呼んでるってことだろ!?」

業を煮やして大声を張り上げた鏡が、口を開けたまま凍りついた。

新丸ビルに至る通りが微妙に歪《ゆが》み、もう一つの街並みが見えている。鏡が医王堂病院の病室で見た、殺風景な光景とは違う。ビル群が立ち並ぶ丸の内に重なる世界は煉瓦《れんが》造りと思しい建物が立ち並ぶ、奇妙にレトロな雰囲気の街だった。

その、もう一つの街の通りを歩いてくる者がいる。初めは朧《おぼろ》な影にしか見えなかったものが、瞬きするうちに急速に密度を増して、肉を備え、実体を得た。

まさに、越境——二つの世界の境を踏み越えた。そんな感じを抱かせる光景だ。

身長一八〇程度で、上半身が異常に発達した類人猿を思わせる。しかし下半身は引き締まった人間のもので、それを猛禽《もうきん》類の鉤爪《かぎづめ》が支えていると言う、奇妙な体の持ち主だ。

類人猿と猛禽、それに逞《たくま》しい人間の合成体は、視線を車道に向けている。耳まで裂けた口が歓喜に歪《ゆが》み、細めた眼が火を噴《ふ》くようにして、何かを待っている。

と、鏡《きょう》は思わず声をあげた。

「危ない！」

東京駅方面からやってきた若いビジネスマンが、その怪物に向かって進んでいく。

青年は、眉を顰《ひそ》めて鏡を見た。ただそれだけで、すぐさま顔を前に向け、心なしか足を速めて歩み続ける。たちまち怪物との距離が縮まり、鏡は足に力を籠《こ》めた。

が、次の瞬間には、眼を丸くして立ち尽くす。

怪物とビジネスマンは、間違いなく衝突した。しかし、どちらが跳ね飛ばされるといったこともなく、ビジネスマンはそのまま急ぎ足で去っていく。怪物も気を削《そ》がれた様子もなく、何かを待ちかねているままだ。

立ち尽くす鏡に向かって、沙織《さおり》が言った。

「普通の人には認識できないわ。あいつの方でも、通りすがりの人に認識される気はないのよ。目標の存在する空間に、一瞬だけ同調できれば、目標は達せられるのだから」

「あいつが、誰か特定の人を狙っているって言うのか!?」

鏡の問いに、沙織は凄絶《せいぜつ》な笑みを浮かべながら頷《うなず》いた。

「てっきり私たちのお客だと思ったけど、違ったみたいね。どうやら、あの車かな」

沙織の視線が、まっすぐ走ってくる一台の大型セダンに向いた。

黒塗りの威圧的な車体の後部座席に、不機嫌そうな顔の老人が乗っていた。

その車を認めた途端《とたん》、怪物の顔に、残忍な喜悦の表情が走ったのだ。

次の瞬間、怪物は駆《か》け出した。人間には不可能な速さで、一気に車道上を走っていく。

「ど、どうするんだ。襲われるぞ!?」

危機感に駆られて、鏡が叫んだとき。

「融身《ゆうしん》！」

沙織の唇から、凜《りん》とした、澄んだ言葉が紡《つむ》がれた。

瞬間、沙織の周囲に濃密な瘴気《しょうき》が渦巻いた。

二重写しになった光景が霞《かす》むほど、一気に高まった瘴気が沙織の体に吸い込まれる。薄茶色の双眸《そうぼう》が結氷の煌《きら》きを放ち、髪が翻《ひるがえ》った瞬間、ダイヤモンド・ダストが舞った。滑らかな肌が結晶し、柔らかな胸部の膨《ふく》らみが硬質な半球に変わる。引き締まった平らな腹部が、艶《あで》やかな氷で覆《おお》われたように変化する。艶《つや》やかな髪すら硬質な煌《きらめ》きを放ちつつ旋回して、光を振り飛ばす軟質な波に変わった。

ダイヤモンド・ダストが眩《まばゆ》い輝きを放って消滅したとき、そこには廃工場で鏡《きょう》を助け、さらには頭部に重傷を負わせた氷の戦姫が、傾きかけた陽光を跳ね返して立っていた。

人間を超えた力を身に秘めた、異形《いぎょう》の存在。それが沙織《さおり》の『戦闘形態』、《氷雪の天使《スイニエーク・アーンギル》》であった。

謝肉祭の仮面じみた、美しいが無機質な顔に、虹彩《こうさい》のない真紅の眼が煌いた。鏡《きょう》の顔を映して、宝石を嵌《は》め込んだような唇が言葉を紡《つむ》ぐ。

「鏡、貴方《あなた》は、あの車の人を助けて。あの《越境者《えっきょうしゃ》》は、私が倒すわ」

「あ、ああ……わかった！」

頭ごなしに言われても、相手がこの姿では反駁《はんばく》する気にもならない。粘りついたような足を必死に動かし、車道に出ようと試みる。が、気ばかり焦って体はろくに動かない。

そのとき、怪物が不審《ふしん》そうにこちらを向いた。

濁《にご》った眼に、氷の戦士が映る。怪物は一瞬、判断に迷ったように見えた。

しかし、目的を優先することにしたらしい。沙織に顔を振り向け、憎々しげな唸《うな》りを洩《も》らすと、それきり彼女には見向きもせずに、路面を轟《とどろ》かせて走り始めた。

「行かせないっ！」

《氷雪の天使《スイニエーク・アーンギル》》が、鋭い叫びを発した。路面を強く蹴《け》り、高々と宙に舞う。眼を見開いた怪物が、急制動をかけた。しかし止まり切れずに、アスファルトが削れて破片が飛んだ。その裂片を、沙織は無造作《むぞうさ》に右手で払う。しかしその途端《とたん》、怪物は彼女にかまわず、思うさま頭部をのけぞらせ、次いで鞭《むち》を振るように、目標に向かって振り出したのだ。

怪物の髪が閃光《せんこう》を発した。猩猩《しょうじょう》科の類人猿を思わせる上半身に渦巻《うずま》く長毛が、眩しいほど白熱した。のけぞると同時にその毛もスイングして、白熱する火球を振り出した。

アスファルトが溶け、風圧に押されて舞い上がる。《氷雪の天使》をかすめるように放たれた火球は、黒々と滾《たぎ》る飛沫《ひまつ》を左右に押し飛ばし、クラウンめがけて突進した。

「う、うわっ!?」

ちょうど通りかかった単車の運転者が、わけのわからないままにハンドルを切った。

無理に前輪を捻《ね》じ曲げられた単車が、重心の変化に対応しきれず横転した。火球はその傍らを飛び過ぎて、クラウンの直前に着弾する。

眩い爆焔《ばくえん》があがり、大型セダンは叫喚《きょうかん》をあげて横転する。車体が路面にこすれ、進行エネルギーをそのままに、火花をあげて路面を滑る。塗装が引き剥がされ、焦げ臭《くさ》い匂いが鼻をついて、周囲一面に立ち込めた。

前後の車が、大慌てでハンドルを切った。滑った車体を避けようと車体をスピンさせたベンツが対抗車線に飛び込んで軽トラックに衝突し、クラウンの後ろを走っていたフィットは逆方向に車体を滑らせ、歩道に乗り上げて、ビルの壁面すれすれで停止する。

「特殊能力の保有タイプか……ええいっ！」

沙織《さおり》が切羽詰った声をあげた。体が旋回し、しなった腰から、回し蹴りが放たれる。

その一撃が、半猿人の顔面を捉《とら》えた。獣じみた唸りをあげてよろめくところに、体を一回転させた沙織が、鋭角に変えた肘《ひじ》で顎を突き上げる。

凄まじい力だった。身長二メートルに及ぶ半猿人が、身長と同じほど叩き上げられ、のけぞりざまに吹き飛んだ。

しかし、怪物はみかけばかりでなく、運動能力も類人猿並みだった。のけぞり飛んだ姿勢のまま、両手で路面を一打ちし、さらに高く舞い上がる。そのまま数十メートルを飛び渡り、横転したままのクラウンに、上空から襲いかかろうと試みる。

「間に合わない！　鏡《きょう》っ！」

体を回した沙織が、悲痛な叫びをあげた。

呼びかけられたとき、鏡はすでに、行動に移っていた。

横転したクラウンからは、運転手が辛《かろ》うじて脱出したものの、突然の出来事に恐慌に陥ったのか、その場にへたり込んだまま、後部座席の老人を助け出すこともできずにいる。

そして、鏡は空中にある半猿人が、運転手には眼もくれず、後部座席のみを見つめていることに気づいた。

助けられない。そう覚った鏡《きょう》は、倒れたままの単車に駆《か》け寄って、力任せに引き起こす。

「お、おい、人のバイクをどうする気だ⁉」

路面に投げ出され、ようやく体を起こしたライダーが抗議の声をあげる。

が、鏡は答える余裕もなく、クラッチを開けたまま車体を押した。

充分加速したところでクラッチを繋ぐ。後輪の回転がエンジンの点火を呼び、四〇〇ccの排気量が、豪快な咆哮《ほうこう》をあげた。

そのまま車体に跨《また》がり、アクセルを開く。可能な限り加速して、前輪を上げ、ウィリー状態のまま、落下してきた半猿人に激突した。

「ぐあっ！」

さしもの半猿人も、車体と鏡の体重を合わせたぶちかましに苦鳴をあげた。

その瞬間、他の人間たちには見えなかった怪物の姿が、おぼろに浮いた。

悲鳴があがり、それに数倍する困惑の声が交錯した。喧騒《けんそう》のなかで、路面に叩きつけられた怪物は怒りの唸《うな》り声を軋《きし》らせつつ、血走った眼《まなこ》で周囲を見渡した。

そして、自分の姿が露《あらわ》になっていることに気づいたようだ。驚愕《きょうがく》の顔つきで己が体を眺め回し、にわかに慌てた様子で立ち上がった。

沙織《さおり》に向かって牙を剥《む》き出し、頭部を旋回する。白熱する長毛が高熱を吐きつつ火球を放ち、路面に紅蓮《ぐれん》の炎を巻き上げた。

その輝きに紛れるように、路面を踏み砕きつつ跳躍《ちょうやく》し、数十メートルの高さにまで飛んだとき、半猿人は同高度まで跳んだ者がいることに気づいた。

無機質な仮面に似た顔が笑みを刻み、冷徹な言葉が紡《つむ》がれた。

「派手な爆焰《ばくえん》で眩《くらま》し、その間に逃げおおせるつもりだったのでしょうけど、眼を晦《くら》ませられるのは自分も同様だと言うことを、覚えておけばよかったわね」

「く……くそおっ！」

初めて、半猿人は人の言葉を発した。再び頭部を回し、火球を放とうと試みたが、

「氷艶斬！」

沙織の方が速かった。凜《りん》とした叫びが空気を駆け抜け、振り上げた両手の間に、鋭い旋《せん》風《ぷう》が渦を巻いて、右腕を振り出す軌跡《きせき》に載ってまっしぐらに飛んだ。

なんの抵抗もなく、半猿人の体が真っ二つに斬《き》り裂かれた。一瞬の絶鳴と、宙に散った真っ赤な血潮。空中で交錯した二つの体が飛び違った瞬間、半猿人は二つに断たれて、そのまま地上に落下した。

「す……凄え……」

その光景を見上げたまま、唖然《あぜん》として呟いた鏡の傍らに、沙織が着地した。

ものも言わずに右手を掴《つか》み、力ずくで引き寄せる。

「なにをしてるの！　逃げるわよ、早く！」

「ええ!? どうして!?」

いきなり囁《ささや》かれ、泡を食う鏡《きょう》を、沙織《さおり》は有無を言わさず横抱きにした。

「あ、おいちょっと！　何すんだよ、こら！」

衆人環視《しゅうじんかんし》のなかでいきなり抱きかかえられ、鏡は慌てた。

しかし、沙織は聞く耳もたないとばかり、路面を蹴りつけて跳躍《ちょうやく》した。

耳元で急激に風が鳴り、痛いほどの冷気が押し寄せる。爆焔《ばくえん》が立ちのぼる現場が見る間に遠ざかり、駆《か》けつけてくる警察車輌の回転灯が幾つも見下ろせたが、それも束の間、沙織は東京駅を飛び越して、八重洲《やえす》側に着地した。

「ふう」

一息ついて、沙織は変身を解いた。そのまま倒れそうになる彼女に、鏡が慌てて肩を貸す。その二の腕を掴《つか》んで、沙織は切羽詰った口調で言った。

「早く、この場を離れなきゃ。鏡、歩ける？」

「あ、ああ。それより、ええと……」

この女を、なんて呼べばいいのか。いままでのように『おまえ』と呼ぶのは、変身して怪物を倒す彼女を見たいまでは、なんとなく怖い。

迂闊《うかつ》に怒らせでもしようものなら、相手を真っ二つにした技が飛んできそうな気がする。そんなことはないのだろうが、つい口調も丁寧《ていねい》なものになってしまう。

言葉に詰まる鏡を、沙織は怪訝《けげん》な顔で見た。

「なにやってんの？」

「い、いや……なんて呼べばいいのかな。夏芽《なつめ》さん？」

妙に下手に出ている鏡を、気持ち悪そうに見返して、沙織は素っ気なく言ってきた。

「沙織でいいわよ。私もつい、貴方《あなた》のことを鏡って呼んじゃったから」

呼び捨てもなんとなく抵抗があるが、本人が言うのだからいいのだろう。

「それじゃ……沙織。なんで逃げなきゃならないんだ？　俺たち、あの車を助けたんじゃないのか？」

素朴な疑問だったが、少女は眉根《まゆね》を顰《ひそ》め、嘆息《たんそく》しながら言ってきた。

「あのね。あの人が、私たちに助けられたと認識していると思う？　ましてや普通の人たちや警察にとっては、ただの不審人物よ。仮面ライダーだって、警察の協力を得られるようになるまでには時間がかかったでしょう？」

彫刻を思わせる美貌《びぼう》の少女から、日本でもっとも知られたスーパーヒーローの名が出るのは、なんとなく違和感を感じさせる。

戸惑《とまど》う鏡に、沙織は覆《おお》い被《かぶ》せるような口調で言った。

「それに、私が融身《ゆうしん》したことは、傾斜界《けいしゃかい》に入れる者にはすぐに伝わるわ。私も鏡も、彼らにとっては目障《めざわ》りでしょうからね。すぐ集まってきかねないわよ」

「……それは、ありがたくないな」

正直、あんな怪物が大量に現れるような場面には出遭いたくなかった。

ひとまず退いた方が良さそうだ。鏡《きょう》は姉の原稿を入れたバッグを担ぎ直し、沙織《さおり》に肩を貸したまま、東京駅に足を向けた。

その頃、怪物と《氷雪の天使《スイニエーク・アーンギル》》が戦った通りには、ただならぬ騒ぎが続いていた。

警察官がロープを張り、人の立ち入りを制限する。そして、急遽《きゅうきょ》召集された鑑識課員たちが、爆熱で溶けたアスファルトや、怪物が叩きつけられた路面を丹念《たんねん》に探って、目に付いたものを採取していく。

どれほど奇怪に見えても、事実の重みは大きい。これを機会に、山積みになっている迷宮入り事件を解決に導こうと言う気迫が、どの捜査員にも漲《みなぎ》っていた。

その捜査活動を横目で見ながら、やや離れた地点で車を止めている男がいた。

車は、変哲《へんてつ》もないトヨタのカローラ。車色もよくある艶《つや》なしのシルバー。

車の傍《かたわ》らでは、少年が一人、屈んでいた。何もない路上で、丹念《たんねん》に手を当てている。その光景を注意深く見れば、その右手が人間一人ほどの厚みを保ったまま、宙を移動しているとわかるだろう。

ややあって、立ち上がり、少年は助手席に乗り込んだ。

「もう終わった。すまなかったね。じゃあ、帰ろう」

それだけ言って、シートベルトを締める。発進した車のなかで、少年は他人には聞こえそうもない小声で独語した。

「彼も、些細《ささい》な恨《うら》みにこだわりすぎたな。現代において、何につけこだわり続けることはマイナスにしかならない。究極の自由を手にする資格を得ながら、もったいない」

言葉を切って、考える。

やがて、その顔に笑みが浮いた。

「『天使の夢《エンジエリックドリーム》』が非合法化される恐れが高まったな。史上初めて出現した、コミュニケーション・スキルをもたない者たちまで自己を肯定できる技術を得られる時代だと言うのに、なにか他に手はないものかな」

しばらく考え、少年は笑みを浮かべた。

「あの娘から手繰《たぐ》れば、高階星《たかしなせい》にたどり着けるかも知れないな。よし――」

その独り言を乗せて、カローラは何事もなかったように走り去っていった。

第三章　寄る辺なき狩人

鏡《きょう》が家に戻ったのは、午後六時を回った頃だった。

東京駅から山手線に乗り、池袋で大手私鉄に乗り換えれば、おおよそ三〇分と少し。埼玉県に入ってはいるが、東京駅からは一時間半とはかからない。

それでいながらこんな時間になったのは、まっすぐ家に向かってはまずいと言う、沙織《さおり》の判断があったためだった。

「すぐに離れたとはいえ、私はともかく鏡、貴方《あなた》は顔を見られてるのよ。それに、通りすがりの人のバイクを使って体当たりしたわよね。幸い、あの《越境者《えっきょうしゃ》》は大勢の人に目撃されてるから、緊急避難が成り立つだろうけど、不用意な危険は、犯さないほうが賢明《けんめい》よ」

考え込む鏡に、沙織は顔を寄せ、意味ありげな口調で言ったものだった。

「貴方もマークされたわよ。岩倉《いわくら》とやらが死んでいた工場でなにがあったか、忘れたわけじゃないでしょう?」

その一言が止《とど》めとなった。

結局、二人は幾《いく》つかの路線を乗り継いで、遠回りしながら、ようやく家に帰ったのだ。

街灯が灯り始めた帰り道、沙織に言われるままに駅前のスーパーマーケットに寄って、あれやこれや買い込んだ鏡は、ふと気づいて問いかけた。

「なあ。俺は、結構《けっこう》警察にも知り合いがいるんだ。警察で疑われて、顔かたちと照合されたら、道順複雑にしたところで、意味ないんでないの？　何日もしないうちに割れるぜ」

「う〜ん、そうだろうねえ。けれど、鏡。その何日かが大切なのよ」

腕を組んで頷き、沙織はマンションを見上げて言った。

「見たところこのマンション、きちんと防犯設備があるものねぇ。街の不良レベルじゃ、入って来られないか。地上二九階、居住世帯数一七〇前後といったところかな」

駅から徒歩五分の高層マンションを見上げて、結構正確な論評を口にする。

「姉貴の仕事が仕事だからさ。セキュリティには気を遣ったんだ。おかげでこの辺りのマンション、軒並みピッキングにやられたんだが、ここだけは被害がなかった」

「なるほど。これなら、私が同居しても危険は最小限に抑えられそうね。よし、合格」

太鼓判を押すような口調で言って、どん、背中を叩いてきた。

その言葉が意味するものを、鏡は一瞬、捉《とら》えられきれなかった。

しばしぽかんとして、次の瞬間、慌てきった調子で食ってかかる。

「ちょっと待て！　おまえ、押しかけてくるつもりか!?」

「押しかけるなんて人聞きの悪い。私は、貴方に必要なのよ」

一向に動じていない口調で、沙織はすぐさま切り返した。

まったく疑問をもっていない証拠に、口ぶりには欠片ほどの躊躇《ちゅうちょ》もない。

「言うまでもないけれど、私に襲いかかったりしないように。私、ガードは固いよ」

その一言で、鏡《きょう》の頭に血が昇った。

最初に出逢ったときの、クールで清楚な神秘の美少女といった印象が、一緒に行動しているうちにどんどん崩れてくる。

どうやら沙織《さおり》の方でも、最初はそれなりに余所《よそ》行きの顔をしていたものが、付き合いを深めるにつれて、着込んでいた猫の皮を脱ぎ始めたと言うことらしかった。

——なんだ、こいつは。初めは近寄りがたい雰囲気だったけれど、普通の女じゃないか。

そんな思いが心に走り、鏡の胸に巣くっていた、沙織に対する畏怖《いふ》感を取り除いた。

「失礼だなおまえはっ！　俺にだって、選ぶ権利くらいあるっ！」

正直な気持ちだった。そもそも、鏡にはこの言葉を口にする権利がある。

頭をぶち抜かれる前には、確かに狼面《ろうめん》の魔人から助けてもらった。それはありがたいと思うが、代わりに殺されてしまってはかなわない。

ことほど左様に鏡にとっては真っ当な主張だったが、沙織はそうは思わなかったようだ。

呆気《あっけ》に取られたように振り向いた沙織の顔が、みるみる上気する。

「なんですって!?　どっちが失礼よ！」

眼を大きく見開き、もの凄い剣幕《けんまく》で言ってくる。

薄茶色の瞳の奥に碧《あお》い炎が燃え、凄まじい迫力だ。

「失礼だろうがよ！　大体男《だいたい》の部屋にいきなり押しかけて住み着こうだなんて、おまえ家がないのか⁉　まさか傾斜界《けいしゃかい》とかに、住み着いてるんじゃないだろうな！」

しまったと思わないでもなかったが、こうなると売り言葉に買い言葉だ。行きがかり上引き下がることもできず、さらに声を荒げるしかない。逆上してしまったために思わず口をついた言葉だったが、それを耳にした途端《とたん》、沙織は本当に顔色を変え、両手で口を塞《ふさ》いできた。

「ば、馬鹿っ！　なんてこと大声で叫ぶのよ。思慮《しりょ》が足りないわね、まったく！　私たちは、目立っちゃいけないのよ！」

声を荒げながらも潜めてみせると言う、器用な真似をやってくれる。

華奢《きゃしゃ》な肩が上下して、二の腕がぐいいと首を巻く。ほとんどヘッドロック状態だ。

半分入ったロシアの血の為《な》せる業か、年齢相応より遥《はる》かに発達した胸が頬《ほほ》を圧迫する。

その感触が、鏡が発しようとした言葉を、喉の奥に押し込めた。

目立つなと言いながら、沙織のような美少女が顔を紅《あか》く染めてヘッドロックをかけていれば、嫌でも目立つ。事実、下校途中らしい女子中学生が一人、怪訝《けげん》そうに首を傾《かし》げながら、小走りにマンションへと入っていった。

「め、目立ってるのはどっちだ……分かった、沙織、悪かった。ともかく入ろう！」

このまま目立ちまくっているわけにはいかない。拝み倒すようにして、彼女を玄関に入れようとしたときだった。

「鏡《きょう》くん、いけないねぇ。不純異性交遊は。星《せい》先生の名声に関わるよ?」

ねっちりと粘りつくような口調で、呼びかけた者がいた。

これだけの高級マンションだ。居住者用のスペースばかりでなく、来訪者用の駐車場スペースがある。

そこに駐車していた、冴えない灰色のセダンである。そのドアを開け、近づいてきた二人の男を見て、鏡は露骨《ろこつ》に舌打ちした。

「なんでこいつらが……」

「誰なの? 星さんの関係者みたいなこと、言ってたけど」

ヘッドロックを決めたまま、沙織《さおり》が小声で問うてきた。

鏡は汚いものでも吐き捨てるように、ことさらに大きな声で言う。

「エージェントだよ。出版に関わる、いろいろな作業の代行屋だ。もっとも、出版関係だけじゃなくって、いろいろな業種に首を突っ込んでるみたいだけど」

心底、嫌い抜いている。そんな口調で言いながら、地面を蹴《け》りつける。

敵意の籠《こ》もった仕草《しぐさ》だが、二人の男は気に留めた様子もない。尊大に肩をそびやかせ、立ち止まったところに視線を向けて、鏡は軽蔑《けいべつ》しきった様子で言い捨てた。

「見た目、ましな方が福永《ふくなが》、くたびれてる方が榎元《えのもと》って奴だ。いろいろと資格はもってるようだけどな。本当の最低野郎さ」

「私、出版界には詳しくないけれど、そんな人たちが食い込む余地があるものなの？」

小声で訊き返しながら、沙織も本能的に、好ましからざる人物だと思ったのだろう。鼻に皺《しわ》を寄せるようにして、胡散《うさん》臭げに見上げている。

それでもじゃれ合っているのもなんだと考えたのか、力が緩《ゆる》み、鏡を解放した。

服を叩き、乱れを手早く直した鏡が、荒い口調で言う。

「そんなわけがあるか。大抵はまともな業者だよ。けれど、こいつらは最低だ。姉貴の原稿を、ことあれば掻《か》っ攫《さら》おうとしているハイエナだよ」

ことさら声を大きくしているから、嫌でも相手の耳に入る。

聞かせるために言っているのだから当然だが、榎元と言う男は不快そうに顔を歪《ゆが》めた。

「鏡くん、目上の者には、言葉を慎むべきだよ。お姉さんから搾取《さくしゅ》したと言いたいらしいが、こちらも商売だからね、仕事に見合う報酬は戴かなきゃ」

「そうだよ。その伝で言えば、最後の作品はひどかった。うちも、損害を被っているんだからね。本当なら弁護士を通して、損害賠償《そんがいばいしょう》を請求したいところだ」

福永と言う男が、言葉を引き取った。

粘りつくような口調は、なるほど聞いているだけで気分が悪くなる。

不良を廃業した鏡《きょう》は、一般人にはできるだけ紳士的に接しようと決めている。その鏡にして、この男たちには気遣《きづか》いの必要を、まったく感じていなかった。

「損害が聞いて呆《あき》れるぜ。姉貴の原稿が手に入らなかったから、嫌がらせしただけだろうが。文芸夏冬社の田中《たなか》さんに訊いてみたけどな、あんたら、評判悪かったぜ。姉貴の世間知らずにつけこんで、いろいろ画策してくれたってな」

胸中に燃えあがる憤りをそのままに、鏡は怒気《どき》を叩きつけた。

榎元《えのもと》の表情が、醜《みにく》く引き歪《ゆが》む。その顔を見た鏡が、獰猛《どうもう》さを露《あらわ》にした。

「なんだよその顔は。姉貴がおとなしかったからって、つけ上がるんじゃねえ。姉貴が止めたから、手を出さなかったんだからな。俺だけなら、誰に気を遣うこともねえんだ」

拳を握り締めて踏み出す鏡に、榎元はにわかに腰を引けさせ、震える声を張りあげた。

「暴力を振るうつもりか⁉ 警察を呼ぶぞ⁉」

「逮捕される前に、おまえの息の根を止めてやる。姉貴が帰ってくるまでに、業界を掃除しておいてやらないとな」

一言聞くたびに耳が穢《けが》れる、そんな気持ちになることも、世のなかにはあるものだ。

鏡が本気だと見て取った途端《とたん》に、榎元は逃げ腰になった。

苦笑いした福永《ふくなが》が、なだめるように言ってきた。

「興奮するものではないよ、鏡くん。実は相談があるんだがね。星《せい》先生が書き残した原稿でもあったら、預けてくれないかな。僕たちには先生と、次の本を出版する約束があるんだ。このまま原稿を渡してくれないと、契約不履行《ふりこう》になってしまうよ」

榎元と言う男よりは人当たりが良さそうだが、鏡の態度は変わらない。

かえってぎらりと笑い、挑発するように言った。

「やかましい。そうやって、何人もの作家を騙《だま》して原稿を巻き上げてたのを、知らないとでも思ってるのか？　てめえらの会社、バイタル・ファクトリーっていったか。ちょっとは自分とこの評判でも調べてみやがれ馬鹿野郎」

「こ、この……」

福永も顔色を変えた。鏡は獰猛な笑みを貼り付けたまま、一歩前に出る。

鏡はすでに、暴力の衝動に身を任せようと決めていた。

その気迫が伝わったのだろう。福永は慌てて体を翻《ひるがえ》し、車のところに逃げ帰った。

「い、いい加減にしたまえ！　こんな話が広がってみろ。姉さんが戻ってきたとき、居場所がなくなるぞ!?」

急いで運転席に乗り込んで、顔だけを向けて喚《わめ》いてきた。

「そんな権力が、おまえらにあるとは思えねぇな！」

鏡の怒りを抑えていた理性の箍《たが》が、いまの一言でぷっつり切れた。

何を言おうと、本気で殴る。その勢いで踏み出した鏡を一目見て、

「ひぃぃ」

震え上がった福永《ふくなが》は、慌しくアクセルを踏み込んだ。

駐車場の入り口に車体を擦《す》りつけ、二人の傍らをすり抜けて、一目散に遁走《とんそう》する。

遠ざかるテール・ランプを呆《あき》れ顔で見送って、沙織《さおり》は湿度の高い視線を向けてきた。

「あんた、想像以上のチンピラね。仮にも星《せい》さんの関係者を、あんな具合に扱って」

「うるせえな。いいんだよ、あいつらは。いっそ息の根止めちまったほうが、それだけ世間が綺麗《きれい》になるんだ」

吐き捨てるように言った鏡《きょう》が、少し首を傾《かし》げて、だれにともなく呟《つぶや》いた。

「まあ、血を見ないで追い払ったからな。まだよかったか」

冗談ではなく、どこまでも本気で言っている。

怒りの余波《よは》を残したまま、呆れた様子の沙織に顔を向けた。

「あんた、家はどこだ？」

「え？　うん、横浜。中華街の近くよ。一人暮らしだけどね」

眼をしばたたいて言った沙織に、鏡は首を傾げて考えて、仕方ないとばかりに頷《うなず》いた。

「いまから一人で帰すのもなんだな。仕方ねえ、入れよ」

言いながらカードキーを取り出し、差し込みかけて鏡は表札を見た。

一八階の、一八五号室。そこには、高階星《たかしな》の名がある。

いまは行方の知れない姉の名だ。唇を噛み締めて、鏡は挿入口にカードを差し込み、暗証番号を打ち込んだ。

部屋に戻る前に管理人室に寄り、長いこと留守にした詫《わ》びと事情の説明を一くさり。一ヵ月半も無断で留守にされ、渋い顔を見せていた管理人だが、事情を聞き、奥寺《おくでら》医師が書いてくれた診断書を見るに及んで、態度が劇的に変化した。

六〇代の、入居者についてはいまどき珍しいほど、親身になって接してくれる管理人である。岩倉《いわくら》の死体を見つけたくだりなどは無論言わない。生死も危ぶまれるほどの重傷を負って連絡もできないまま、入院していたと言う説明に、こちらがきまり悪くなるほど心配してくれた。

「なんかあったら、いつでも言ってきなさいよ。いいね？　言ってくるんだよ」

念を押すのをやっとのことで振り切って、鏡はひさしぶりの帰宅を果たした。

完全管理が売りのマンションだが、一ヶ月開けていた部屋は、冷え切っていて埃《ほこり》っぽい。エアコンのスイッチを入れ、帰り際にスーパーで買ってきた材料で、とりあえず食事をつくりにかかる。

「手伝うわ」

どこから持ち出したのか、エプロンを締めてやってきた沙織を、鏡は険《けわ》しい顔で見た。

「なんだよ。人の家のもの、勝手に持ち出すなよな」

釘を刺したつもりが、沙織《さおり》は感情を傷つけられたらしく、唇を尖らせて言ってきた。

「なによ。これは私のよ。よく見なさいよ、ほら」

と、形良くくびれたウェストの辺りを示してみせる。なるほど、そこにはほんわかした小熊のイラストに合わせ、飾り文字で『Ｓａｏｒｉ』と縫《ぬ》い取られていた。

しばし呆気《あつけ》に取られた顔で沙織を眺め、鏡は呆《あき》れた顔で問いかける。

「意外に可愛い趣味なんだな……てーより、最初から泊り込むつもりだったのか!?」

心外極まるとばかりに言ったが、沙織は平然と頷いた。

「うん。言ったでしょう？　貴方《あなた》には、私と同じイメージドールを使えるようになってもらわなきゃならないの。星《せい》さんの未発表原稿を持ってきてもらったのも、そのためなのよ」

有無を言わさぬ口調で、沙織が言った。

「イメージ……なんだって？」

聞き慣れない言葉に、鏡が怪訝《けげん》な顔で聞き返す。

「イメージドール。さっきの戦いで分かったと思うけど、傾斜界《けいしゃかい》からの《越境者《えっきょうしゃ》》を相手にするには、こちらも向こうの位相で構成されたものにならなければならないのよ。それでなければダメージを与えられないわけよ」

沙織の言葉から、鏡は丸の内での戦いを思い出した。

Saori

鏡《きょう》が叩《たた》きつけた四〇〇ccバイクの重量は、沙織《さおり》の言う《越境者《えっきょうしゃ》》を、確かに怯《ひる》ませた。

しかし、それだけのことだった。車体の重量で押し止めたものの、決め手にはなりえない。あの怪物は、人間を遥《はる》かに超える力をもっていた。

倒せたのは、沙織が変身した《氷雪の天使《スイーニエーク・アーンギル》》がいたればこそだ。姿を変えた彼女が、人間ばかりか《越境者》すら大きく超える力を秘めていたと、いまの鏡にははっきり分かる。

しかし、それだけに自分が彼女と同じ力をもてるなどとは、真面目《まじめ》な話とは思えない。

「冗談言うなよ。俺は人間だぜ？　改造人間でも、宇宙人でもないんだ」

真に受けない鏡に、沙織は肩をすくめながら、悪戯《いたづら》っぽい顔で見上げてきた。

「私も、人間のつもりなんだけどな。サイボーグでも、超能力者でもないわよ。脳のなかのレセプターが破壊されてる分、普通より欠陥品かもね」

くす、と微笑して、鏡が切り分けた肉に味付けしながら言ってくる。

「詳しいことは、食べながら話すわ。さっさとお肉切ってよ。私は野菜切って、海老《えび》の下ごしらえをしておくわ。早くやってしまいましょう。戦うとお腹が空《す》くのよ」

「あ、ああ……」

沙織の決めつけるような口調には、抵抗しがたい圧力が籠《こ》もっている。これまでの人生、ほぼ一貫して一匹狼を気取っていた鏡には、どうにも扱《あつか》い難《にく》い相手であった。

「俺一人じゃ、こいつの相手は荷が重い。達樹《たつき》の奴、早く来ないかな」

思わず呟《つぶや》いた名を、沙織が耳聡《みみざと》く聞きつけ、眉を顰《ひそ》めてくる。

「やっぱり呼ぶの？　その人」

「ああ。そう言ったろ？」

隠すようなことではない。だから素直に答えたが、沙織は猜疑《さいぎ》心の籠もった目つきで、咎めるように言ってきた。

「鏡、友だちいないって言ってたよね。いきなり名で呼ぶ相手がいるなんて変じゃない？」

「俺をなんだと思ってるんだ。普段《ふだん》友人連中と付き合ってないのはな。あちこちの不良グループと悶着起《もんちゃく》こしてるからだよ。堅気《かたぎ》に迷惑かけるわけにもいかないだろ？」

そう言いながら、思いついたように立ち上がり、キッチンの一角の電話機に歩み寄る。

紅《あか》い数字が、受話器の横に点灯していた。記録された伝言は二四件。それを一つ一つ、発信番号を確認していく。

いまでもときおり連絡をくれる編集者が三人、それぞれ一件。投資の勧誘が八件。残り一三件が同じ番号だ。電話番号のうえに、柴田《しばた》達樹の名前が表示される。

沙織にちらりと眼を向け、再生する。達樹の声が、スピーカーから流れ出た。

『鏡、もう一ヶ月連絡がないけれど、無事だと信じてる。連絡を待ってる』

ピー。

『明日から、一週間ほど留守にしなきゃならない。俺、受験生だからね。予備校の合宿だ。馬鹿らしいとは思うけれど、これも現実だからな。戻ってきたら連絡する』

ピー。

『帰ってきたよ。どうにか、志望校は圏内《けんない》だ。鏡《きよう》、そっちは大丈夫か？　無理するなよ』

ピー……。

幾《いく》つか再生した後に、やや真剣な声で録音されたメッセージが入っていた。

『緊急の連絡だ。新宿で《天使の夢《エンジエリックドリーム》》を扱っている、一番大きな組織の尻尾を捉《とら》えた。鏡、戻ってきたら連絡してくれ』

そのメッセージを聞いた鏡の顔色が変わった。

傍らから覗《のぞ》き込んでいた沙織《さおり》も、息を呑んだ。ディスプレイに表示される着信日時は、今日の払暁《ふつぎよう》。無表情に光る紅《あか》い数字を見つめた沙織が、押し殺した声音《こわね》で言った。

「この人に――《天使の夢》の調査を頼んでいるの？」

「こいつは、デビュー前から姉貴のファンでね。自分から買って出てくれたんだ」

再生を終えた電話機を見ながら、鏡はしみじみとした口調で言った。

「達樹《たつき》とは、小学校の低学年から親友なんだ。俺と違って、上手く世間と付き合ってる。けれど、芯《しん》は変わってない。いい奴だよ」

「そうか……いい友だちがいるのは幸せね」

この前のような、皮肉な口調ではない。碧《あお》みを帯びた双眸《そうぼう》に、名状《めいじよう》し難い寂しさが浮いたように見えたのは、見間違いだったのか。

友の温もりを確かめるように、電話機に手を置いたまま、鏡は微笑んだ。

「俺から訊《たず》ねると、いろいろと危ないからな。用があるときには、向こうから出向いてくれるんだ。学校は違うし、俺とあいつとの関係は、大概《たいがい》の奴には知られてないからな」

「それは賢明《けんめい》ね」

頷《うなず》いた沙織の方に、残った肉を切り分けながら、鏡は眉根《まゆね》を寄せて言った。

「あんたがなんて言ったって、俺はこいつと逢《あ》うつもりだよ。新宿の組織は、《天使の夢》を扱っているなかでは一番大きな組織だ。この組織を潰《つぶ》さなきゃ、いくら末端《まったん》を潰しても意味はないんだ。そうすれば……」

言いかけて、鏡は口をつぐんだ。

手足を切られれば、きっと本当の標的が現れる。

《天使の夢》は麻薬指定されていないとはいえ、不良たちの手に負えるほど手軽なものでもない。製造元からのルートを握っている者がいるはずだ。

末端の組織から手繰《たぐ》っていけば、いずれは根にたどり着く。そう考えて、各グループのリーダーを追ってきた鏡だったが、ここ数ヶ月で気づかれたのか、彼が目をつけたリーダーたちは、ことごとく変死を遂げていた。

口をつぐんだ鏡を、沙織はなお、疑わしげな顔で見上げている。その視線が煩《わずら》わしく思えて、鏡《きょう》はつい声を荒げ、食ってかかるような声になる。

「言っておくけどな。俺たちは家が近かったし、親同士も友人だったりしたしで、もう一四、五年の付き合いなんだ。今日逢《あ》ったばかりのあんたに、そんなこと言われたくないな。文句があるなら、出てってくれよ」

自分のことより、友人を疑われた方が憤《いきどお》る。いまどき珍しい、鏡はそう言う少年だ。

そうした考え方は、沙織《さおり》も受け入れたようだ。嘆息《たんそく》して、仕方がないとばかりに言う。

「分かったわよ。けれど、その人にまで、脳のセレプター制限部位の除去手術はできないわよ。当面無関係な人にまで、命の危険を及ぼすわけにはいかないんだから」

納得したわけではないことは、背中一杯に、不信感が漲《みなぎ》っていることでも明らかだ。

そうあからさまに疑われては、鏡も意固地になった。

「俺だって頼みゃしないよ。あいつにまで、危険を犯させるわけにはいかないからな」

そう宣言して、憤《いきどお》りの滲《にじ》んだ声音で振り返る。

「それよりいま、さらっと聞き捨てならないことを言わなかったか？　やっぱり命が危なかったんじゃないか。人の頭に、なんてことしやがる」

「仕方ないじゃない。私は人の心が読めるわけでもないんだから。戦力になれそうな人で信用できそうな人って、貴方《あなた》しか知らなかったのよ。星《せい》さんの紹介だったんだから」

完璧《かんぺき》に開き直った口調で、沙織は堂々と言ってきた。

「鏡なら、きっと一緒に戦ってくれる。星さんのつくったヒーローを、自分のものにしてくれる……そう言うから、私は信用したのよ。しなくちゃならなかったのよ。傾斜界《けいしゃかい》を認識できる人間はどんどん増えてるのに、戦えるのは私一人しかいないんだもの。貴方に期待しても、仕方ないじゃない！」

「大声あげるなよ！　そりゃあ、俺だって姉貴がそう言うなら、従わないこともないよ！けれどあんたのやり方が、強引すぎるって言ってるんだよ！」

二人とも料理の手際はたいしたもので、言い争いながらも肉の切り身に味付けし、金串に刺して、赤ワインなど振りかけていく。

まもなく、オーブンに入れた肉と海老、野菜がいい匂いを立て始めた。

仏頂面《ぶっちょうづら》のまま食堂に運び、大皿に載せたままどんと置く。

鏡は不機嫌な顔のまま飯茶碗《ちゃわん》を取って、飯をよそって差し出した。

「あ、ありがとう」

ついいましがたまで言い争いしていたのだから、この扱いは意外だったようだ。

眼をぱちくりさせて受け取った沙織を後目に、自分でもおおまかに飯を入れ、思いつつて冷蔵庫から、缶ビールを取ってくる。

「お酒、飲むの？」

眼を丸くする沙織に、鏡は胡座《あぐら》をかきながら、ふて腐れた態度で言った。

「いいだろ、別に。俺の家だぞ」

「う〜ん、確かに、人に迷惑はかけそうもないけれど……」

しばし煩悶《はんもん》していた沙織《さおり》が、やがて意を決したように言った。

「……私にもちょうだい」

「へ？　そう来たか」

一瞬面食らった鏡《きょう》が、沙織をまじまじ見詰めた末に、もう一つの缶を持ってきた。


急拵《ごしら》えにしては、肉も野菜も、実に上手くできていた。

入院中に消耗した体力を、一刻も早く取り戻したい。そう念願して、鏡はガーリックを効かせた肉を噛み裂きながら、泡立つ液体を胃に送り込む。

半ばいい気持ちになりながら、鏡は沙織の様子に驚いた。

片膝を立て、壁に背中をもたれさせて、上気した顔を上げている。彫りの深い美貌《びぼう》の、けぶるような瞳になんともいえない憂《うれ》いが漂い、亜麻色《あまいろ》がかった髪に蛍光灯の灯りが映えて、艶《つや》やかな輪を浮かばせる。厚手のセーターも胸の膨《ふく》らみを包み隠すことはなく、かえって全体の大きさが強調されて、妙な妖艶さすら醸《かも》し出しているようだ。

彼女の変身体《氷雪の天使《スイニエーク・アーンギル》》そのままの、受肉した死の天使——そういった印象がぴったり当てはまる、姿が肉感的なだけにかえって現実離れした、不思議な美しさを体現した、そんな姿でいた。

――こいつ、本当に美人だな。

そんなことを考えながら眺める鏡の視線に気づき、沙織が軽く睨《にら》んできた。

「なによ。レディのこと、あまり見つめるもんじゃないわよ」

「い、いや……美人だな、あんた」

つい、正直な感想を口にしてしまった。頬を赫《あか》らめた沙織は残っていたビールを一口で飲み干し、ガラス製のテーブルに戻す。アルミ製の缶は、ごく頼りない音を微かにたてた。

「うん……美人なんだと、自分でも思うよ。でもね、こんなのはあまり意味がないことなの。顔立ちがどうかなんてことは、見る人がいて、初めて意味が出てくることだからさ」

酒精《しゅせい》交じりの吐息とともに吐き出した言葉に、鏡は眉を顰《ひそ》めた。

これまでに見てきた彼女の言動と、そぐわないように思えたのだ。

沙織は二本目の缶を取って、プルトップを開けながら苦笑した。

「私はね、スーパーヒーローを演じているの。《氷雪の天使》でいるときの私は超人よ。けれど融身《ゆうしん》を解いてしまえば、私は素顔の夏芽《なつめ》沙織に戻る。それなりに鍛《きた》えてはいるけれど、人間の限界からは離れようのない――むしろ、同年代の娘より弱いかも知れない、一七歳の女なの。ときどき、それを自覚せざるをえないのよ。否応なくね」

「それは……俺には分からないな。境遇《きょうぐう》は少しばかり似てるけど、俺の――俺たちの両親は、テロの犠牲になったわけじゃない。だから、あんたの気持ちは、本当には分からないと思う」

しみじみと言ってから、鏡《きょう》は改めて問いかけた。

「なあ……一つ、訊《き》いていいか？」

「どうぞ。私に答えられることなら、なんなりと」

言いながら、ビールを一口、口に含む。すんなりした喉が上下して、冷たい液体が、少女の体内に落ちていく。

「あのさ……普段のあんたが病弱でも、変身すれば強くなるだろ？　だったら、それだけで気分がいいもんじゃないか？　あの怪物たちだって、変身したあんたには、手も足も出なかった。強くなれるって言うのは、それだけで他のマイナス面を、帳消しにするもんじゃないのか？」

ストレートに訊きすぎたかも知れない。

口にしてしまってから悔いを感じたが、沙織《さおり》は気にした様子もなく、ごく軽く頷《うなず》いた。

「そうね……単純に考えれば、強くなれるのはいいことかも知れない。けれど、私は自分がなにかをしたいために、この力を手に入れたんじゃないのよ」

さりげなく、しかし念を押すような口調で言われて、鏡は思わず眉根《まゆね》を寄せた。

「私はね、間違った考えを他人に押しつけようとしている人たちに、間違ってると言いたかったの。けれど、そのためには力がいる。難病の女子高校生一人、できることなんてたかが知れているけどね」

沙織は肉を齧《かじ》り取り、ひとしきり咀嚼《そしゃく》してから飲み下す。次いでビールを口にして、一息つきつつ言葉を継《つ》いだ。

「そこに、融身《ゆうしん》の能力を手に入れたのよ。私はこれでも夢見がちな少女なの。変身ヒーローとか好きだったから、両親が殺されたときには本気で思ったわ。アメコミのでも日本のでもいいから、スーパーヒーローがやってきて、アルカイダを叩き潰してくれないかって。自分でも描いてみたのよ。パソコンにグラフィック・ソフトでね……それが、《氷雪の天使《スイニーク・アーン ギル》》よ。彼女の本質は、私の想像したヒロインと言うわけなの」

淡々と言って、沙織は自嘲《じちよう》するように唇を歪《ゆが》め、言葉を継いだ。

「傾斜界《けいしやかい》には、固有の生物はいないわ。その代わり、きっかけがあれば生物化できるエネルギーが、大量に漂っているの。それがどう言うものかは、いずれ星《せい》さんが話すと思うけど……私は知らないうちに、その方法を身に付けてしまっていたのよ」

「《氷雪の天使》は、あんたが考え出したものなのか……」

そう言ってから、鏡はふと、それまで考えていなかった、あることに気づいた。

「あの怪物たちもか？　《越境者《えつきようしや》》って言ってたよな。だから、向こうの生物だとばかり思い込んでいたんだが、あいつらも人間が考え出したものなのか!?」

このとき、鏡《きょう》は無意識のうちに、否定してほしいと思っていた。

しかし、沙織《さおり》は否定することなく、瞳を沈ませたまま首肯《しゅこう》した。

「そう。基本的に、《越境者《えっきょうしゃ》》とイメージドールの間に、違いはないのよ。ただ、明確なデザインと意思があれば、傾斜界《けいしゃかい》の瘴気《しょうき》はそのデザインに従って発想者に浸透し、考えたとおりの超人に変えてくれる。でなければ、欲望なり潜在意識なりがそのまま具現した姿に変わる。それくらいの違いなの」

「それじゃ、あんたが真っ二つにしたあいつも……」

鏡の顔から、血の気が引いた。

沙織の表情が、固いものになる。ただでさえ硬質の美貌《びぼう》に断固とした表情を走らせて、有無《うむ》を言わさぬ言葉が、唇から紡《つむ》がれた。

「そう、人間よ。傾斜界に充満している、ある種の瘴気を知覚できる人間が、自分の体組織にその瘴気を導入し、細胞レベルから変化させる——私たちはね、そうして誕生した怪物なのよ」

沙織の言葉が、鏡の意識を通り過ぎていく。

それほど、大きな衝撃だった。ビール缶を手にしたまま、それを口に運ぶ気力もなくなってしまったのか、肉が焼けるのに任せ、瞠《みは》っていた眼が次第に暗みを帯びてきた。

そんな鏡を、沙織は黙って見つめていた。やがて缶を置き、改まった口調で問いかける。

「鏡――貴方《あなた》は、どうして《天使の夢《エンジェリックドリーム》》の流れを追っていたの？　品薄ではあるけれど、麻薬ほどの旨《うま》みはないはずよ。なのに、貴方は追跡を続けている――星《せい》さんの行方に関係があると思ったから？」

鏡は我に返った。手に持ったままの缶を一口飲んで、力なく言う。

「あんたも知ってるだろう？　姉貴が高い評価を受けた受賞作から四作目までの小説は、クスリが一般化した社会での若者を描いたものなんだ。覚醒剤や麻薬も出てくるけど、一番重点を置いていたのは《天使の夢》だった。完全な合成薬品で、感覚を先鋭化させ、コミュニケーション・スキルを支援する――それが、認可された当時の評価だったからな」

もう一度、缶を口に当てた。

芳しい苦味が口中に広がり、冷たさが喉を滑り落ちる。口内で感じる快味と鳩尾《みぞおち》の下部に溜《た》まる冷たさのギャップが、姉が《天使の夢》に抱いた期待と蹉跌《さてつ》を象徴しているように思えて、鏡は我知らず、指に力を籠《こ》めた。

アルミの缶が、指の間で潰《つぶ》れる。そのまま鏡は、苦い口調で言葉を継《つ》いだ。

「姉貴は、人間同士のコミュニケーションが、社会をつくっているって考えだったからな。一般には、《天使の夢》は個人の感覚を研磨《けんま》して、自己追及を深めるためのクスリだと思われてる。でも、姉貴はそうじゃなかった。希薄になっていくコミュニケーションを助けて、もう一度人間同士の結びつきを強める方法として、注目してたんだ」

潰《つぶ》れた缶をテーブルに置き、書棚に眼を向けた。

そこには、星《せい》の著書が並んでいた。

純文学で賞を受けた受賞作と、それに続いて高い評価を受けた、四冊の小説だ。

そして最後の作品が、様々な意味でセンセーションを巻き起こした小説だった。

純文学系の評論家からは酷評《こくひょう》の限りを尽くされ、SF、ライトノベル系の評論家からは絶賛されると言う両面性を発揮したハードカバーの小説『トリックスター――影に立つ神々』。

その一冊を、立ち上がった沙織《さおり》が取り出した。

華麗《かれい》なイラストで彩られた表紙を眺めながら、静かな口調で言う。

「《天使の夢《エンジエリックドリーム》》には、実は誰もが気づかない、重大な副作用が潜んでいた。あるいは使用を続ければ、すべての人間に現れるかも知れない副作用。強い心をもってさえいれば、なんと言うことのない……けれど、大部分の人間にとっては、甘い誘惑となる副作用」

沙織の言葉が、歌うような色調を帯びた。

その言葉に釣られるようにして、ページを繰《く》っていく。星が最後の小説で描いた、暗黒の世界で繰り広げられる救世主伝説――《天使の夢》を常用したことで人間の知覚を超えた人々が、人間の世界と同時に存在しながら知られることのない、もう一つの世界と接触したことにより、超人的な力を得たために地獄と化して現代社会で、異形《いぎょう》の救世主を呼び出すことに成功する、名もなき英雄の物語。

その物語を眼で追いながら、沙織は静かな声音《こわね》で言った。

「《天使の夢》に耽溺《たんでき》した人たちは、もう一つの世界を知ってしまうわ。どこにも出口のない、未来すらたいしたものは手に入ると思えない閉塞《へいそく》した現代とはまったく異質の、文字どおりの新天地よ。しかも、そこでは超人にもなれる。ね、鏡《きょう》。なんの代償もなく超人の力を得られるなら、大抵はどうすると思う？」

滾《たぎ》りつつ凍る双眸《そうぼう》を向けられて、鏡は戸惑《とまど》いながら考え、思いついた答えを口にした。

「その力で、正義のために……なんてこと、考えるわけがないな。なんだか格好悪いし」

笑いに紛《まぎ》らわせようとして、眼の前の沙織こそが、そうした力の活《い》かし方をしていることに気がついた。

尻すぼみになってしまった鏡の言葉を、沙織本人が引き取った。

「そう。いつ頃からか、そう言う風潮になってしまったのよね。正義なんて真実じゃない。正義と悪なんて相対的なものだ。もっと端的にいえば、人のために働くなんて格好悪い。そう言う考え方が、なんだか高尚《こうしょう》なものみたいに受け取られる世のなかになってしまったわ」

ため息をついて、沙織は顔を向けてきた。

「正義って、何だと思う？」

「そ、そんな難しいこと、いきなり訊《き》かれても」

面食らいながらも、鏡はとりあえず、思いついたことを口にした。

「そんなこと、決められないんじゃないか？　国によっても違うし、立場によっても違うだろ。一つに決めるなんて、できないことじゃないか」

「そう考えるのが、いまの考え方だよね。そして、正義が幾《いく》つもあるって考え方は、要するになにをやってもいいと言う……あるいは、なにもしないと言う免罪符《めんざいふ》にしかならないと、私たちは思うのよ。実は心が弱い、それでいながら誰かに認めて欲しがっている人たちが、そう言う考えをもつことが多いわ」

「ああ……そういえば、姉貴はいつも寂しがっていたな。世のなかには、普遍《ふへん》的な価値があるはずだって。普遍的な正義を書いてみたいって、いつも悩んでた」

——その姉貴が見つけた普遍的な正義が、純文評論誌には酷評《こくひょう》された、『トリックスター』だったのかも知れない。

沙織《さおり》の言葉に触発されて、鏡《きょう》はそんなことを考えた。

その本を閉じ、書棚に戻して、沙織は椅子を引いて座り直した。

「人間は、共同体をもたなければ生きていけない。けれど、最近は共同体を拒否することが、知的な人間の証になっている。本当に超人的な人なら、そうかも知れないけれどね」

焼けている肉の串を、一本皿に取る。

それを見つめ、弄《もてあそ》びながら、言葉を継《つ》いでいく。

「上手《うま》くしたもので、そうした知力のある人は、共同体の拒否など不可能と分かるのよ。そこで、そんな幻想に浸れる者は、実は脆弱《ぜいじゃく》な者たちだけ。そうした者が超人の力を得たとすれば、自分を正義と思い込む……《天使の夢《エンジエリックドリーム》》で感覚を研磨《けんま》しても、心は磨けないままに、彼らは手に入れたのよ。自分だけの正義を実現する方法を。それが……」

「傾斜界《けいしゃかい》との接触と、《越境者《えっきょうしゃ》》ってわけか。それなら、姉貴は悩んだろうな。自分が広げてしまった《天使の夢》が、そんな奴らを増やしてしまったなら……姉貴は、大嫌いだったんだ。自分で努力しないで、力だけを振るう連中が。だったら、あんたが俺に、傾斜界と接触できる方法を教えたのも分からないでもないな……」

「いま考えると、少ぉしだけ無茶だったかも、とは思うけどね」

微笑して、沙織はさらりと言った。

少しだけ、と言う辺りが引っかかる。しかも、その点をことさらに強調して言ってくる。

だがなんにしろ、姉が望んだことなら、いつだって鏡は拒まない。

ただ、引っかかることはもう一つあった。鏡にとっては、そのほうが遥《はる》かに重大だ。

《越境者》とは、ただの怪物だと思っていた。だから、《氷雪の天使《スイニエーク・アーンギル》》が相手を両断《りょうだん》し、惨殺《ざんさつ》する光景を見ても、心が痛むことは別になかった。

それが、実は人間が姿を変えたものだったとは。

ならば、沙織は殺人を犯したことになる。相手が人間と知りながら、平然と命を奪う沙織の行動が、鏡《きょう》には理解し難かった。たとえ身も心も、人間ではなくなっていたにしても。

だから、ためらいながらも、それははっきり言った。

「そうだとしても……俺は、相手が人間だと分かっていながら殺すことはできない。あんたみたいには、できないよ」

その言葉に、沙織《さおり》は反論しなかった。

「そうよね。人間には、それぞれ考え方があるものね。たぶん、私の正義は独りよがりなものだと思う」

ただ、そう言っただけだった。

反論はできない。自立した精神の持ち主にとって、そう自覚しながら他の正義を圧殺し続けていくことは、どのような責め苦にもまして辛《つら》いことに違いない——そう考えてしまったから、鏡は何も口にできなかった。

それからしばらく、二人は肉を食べ、野菜と海老を片づけた。一ダース買ってきたビール缶も、ことごとく空になった。さすがに顔が火照《ほて》ってきて、酔いが体に回ってきた。

一休みしよう。そう考えつつ椅子に体を預けて、ショルダーバッグから星《せい》の原稿を取り出した。

「傾斜界《けいしゃかい》の力を得るのに、この原稿が入り用だと言ったよな。どう言うことなんだ?」

「そうね……話すわ」

後片付けは後回しだ。白い、滑《なめ》らかな肌に酔いの紅みを射したまま、沙織は原稿に指を載せた。

「《越境者《えつきょうしゃ》》は、瘴気《しょうき》と同調した人間が抱いているイメージによって、形と能力が決まる。私の《氷雪の天使《スイニエーク・アーンギル》》は、私が考え出したスーパーヒーロー。けれど、そういったイメージを安定させられない人が融身《ゆうしん》してしまうと、現れた《越境者》は、その人が抱く欲望そのままの姿になるわ。今日倒した相手は、そういった、いわば瘴気と融身者がストレートに形となったもの。ああ言うのは、実はたいしたことはないの」

言いながら、ページを繰《く》っていく。

やはり、『トリックスター』の続編だった。前作では姿を見せなかった、傾斜界から呼び出された復讐鬼《ふくしゅうき》――その力を手に入れた主人公が、自分の存在意義に悩み、苦しみながらも戦い抜いていく、そんなストーリーになっていた。

沙織が、ページを繰っていた手を止めた。薄茶色の瞳が碧《あお》い煌《きらめ》きを帯びて、鏡を見る。

「より強い力を引き出すには、確固としたイメージを固めて、そのとおりに自分を変えなければならないわ。それができる相手はより均整の取れた姿をもっているし、例外なく手強い――廃工場で会った魔人も、おそらくその一人よ」

「あいつか……確かに綺麗《きれい》だったよな」

鏡《きょう》の脳裏に、岩倉《いわくら》の死骸を見つけたときに襲ってきた、狼面《ろうめん》の魔人が蘇《よみが》った。

確かに、あの魔人は美しかった。美しく、凜々《りり》しく、そして恐ろしかった。

「すると、あいつも誰かが想像で生み出した、本当の超人の一人なのか」

鏡《きょう》が言った。そのとき、また何かが引っかかるような感覚が、脳裏《のうり》に走った。既視感《きしかん》がある。しかしどんな覚えがあるのかはまったく定かでない。

首を捻る鏡にはかまわず、沙織《さおり》は開いたページに指を置き、見つめながら答えた。

「貴方《あなた》も、同じクラスの超人にならなければならないのよ。星《せい》さんが私に頼んだのは、貴方に戦いに参加してほしいから。彼女はほとんど絶望しながらも、まだ人類の未来を信じているのよ。傾斜界《けいしゃかい》と正しく一体になった、人間の可能性を」

鏡に話しながら、自分にも言い聞かせている。そんな口調だった。

「そうなれるかどうかは、貴方次第なのよ。《越境者《えっきょうしゃ》》になるのは簡単なの。ただ、受け入れればいいのだから。でも、イメージドールになるには、強靭《きょうじん》な精神力が必要だわ」

覚悟を促すように言いながら、沙織はスーパーの袋からノートを一冊、取り出した。

食料と一緒に、買い込んできたものだ。なぜ、こんなものが必要なのか、そのときの鏡には分からなかったが、ここに至って理解できた。

一緒に買ってきたサインペンを使って、一枚の絵をさらさらと描きあげる。

金属とも繊維ともつかない体の、スレンダーな肢体《したい》をもつ一人の道化師《どうけし》。舞台衣装とも、陣羽織《じんばおり》ともつかないマントをなびかせた、哀しみを刻んだスーパーヒーロー——人間以上の力をもつ存在と一目で分かる、美しくも悲哀を漂わせた超人。

「この小説のヒーロー、オイレン・シュピーゲル。これが、貴方がならなければならないイメージドールよ」

沙織の言葉が、鏡の耳に染み込んだ。

笑いとも、嘆きともつかない表情のピエロには、姉の面影が漂っているように思えた。

「俺に……なれるかな」

鏡は呟《つぶや》いた。

人間以外のものになれと、暗に強制されているのに、不思議と反発は感じない。

世に入れられず、姿を消した姉に思いを馳《は》せて、鏡は自分に問いかけた。

――俺は、どうしたいのかな。

深く考えるのには慣れていないが、こればかりは自分で判断する以外にない。

そんな鏡を、沙織は黙って見守っていた。

鏡が拒むはずがない。そう考えているようだ。

それが分かっていながら、鏡は逆らえない。沙織が取った手段は承服《しょうふく》しがたいが、間違っているとは言い切れない。そんな思いが、反発を押さえ込んでいた。

混迷の度を深めるこの時代、人間同士のコミュニケーションが取れない者も増え、そうした人間はなにか特別な才能をもっていない限り、孤立したまま、救われることがない。

他人と個人の狭間《はざま》に落ちてしまった、そうした者を掬《すく》い上げる術《すべ》を、星《せい》は探っていた。

その想いを果たせずに、星が姿を晦《くら》まさなければならなかったのなら、やり残したことを引き継ぐのが、自分の責務であるように思えてくる。

「——ならなきゃならないんだろうな。姉貴があの化け物たちの向こうにいるなら……俺は、あの化け物たちに勝てる力を手に入れたい」

自分に言い聞かせるようにして呟いた鏡《きょう》の言葉を、沙織《さおり》は沈黙したまま聞いていた。

やがて、肩の力を抜くようにして、吐息とともに言ってきた。

「受け入れてくれるのね……？　だったら、さっそく始めさせてもらうわ。今夜は疲れてるだろうから、明日の朝からね」

返事はしなかった。ただ、鏡はちらりと眼を向けて、無言のまま頷いた。

自分の言葉が受け入れられるかどうか、彼女も不安を抱いてはいたらしい。頬を微《かす》かに上気させ、心底疲れたとばかりに、肩を落として呟いた。

「——たぶん、勝てるわ。瘴気《しょうき》を融合させて、きちんとコントロールする方法を学べばね。けれど、誤解しないでほしいのは、さっきも言ったように、イメージドールと《越境者《えっきょうしゃ》》は、本質的に同じ存在だと言うこと。これだけは忘れないようにしてね」

「ああ……分かってる」

鏡の答えを聞いて、沙織は初めて、安心したように微笑んだ。

そのとき、インターフォンの呼び出し音が鳴った。

「達樹《たつき》だ。早かったな」

立ち上がった鏡が、インターフォンのボタンを押して、二言三言、言葉を交わした。

そして慌しく入ってきた、鏡と同年代の少年が、息せき切って呼びかけた。

「鏡、大丈夫なのか!?　大怪我したって言ってたな。電話はともかく、メールくらい……」

言いかけた少年の言葉が、中途で止まった。

鏡の肩越しに、沙織を見つめている。なんとなく居心地の悪さを感じたのか、沙織は上目遣いの視線を送りながら、小さく会釈《えしゃく》してみせた。

沙織の代わりに、鏡が口を開いた。

「心配ないよ。彼女も、《天使の夢《エンジエリックドリーム》》を追っている一人だ」

「そ、そうか。でも、驚いた。おまえが女の子を近づけるなんてなかったもんな」

息を抜いた達樹が、改めて鏡を見た。

「詳しい話は後で聞くとして、鏡。新宿のグループ、リーダーの名が分かったぞ」

そう言って素早く鏡の耳に口を寄せ、早口で一連の言葉を吹き込んだ。

途端《とたん》に、鏡の顔色が変わった。

「本当か!?　リーダーが……間違いないのか!?」

息せき切って問う鏡に向かって、柴田達樹《しばたたつき》は、真面目な顔で頷《うなず》いた。

顔色をなくして、鏡《きょう》が立ち尽くす。しばし虚空《こくう》をさまよっていた鏡の瞳が、まもなく鮮烈な怒りを湛《たた》えて、拳が固く握られた。

「そうか……今度は殺させない。今度こそ捕まえて、バックにいる奴を吐かせてやる」

「それなら、なおのこと。融身《ゆうしん》の技術を覚えないとね」

沙織《さおり》が、静かな声音で言った。

「融身？　なんのことだ？」

聞き咎《とが》めた達樹《たつき》に、我に返った鏡は、改めて沙織を紹介した。

彼女が超人化する力をもつとも話した。達樹はさすがに驚いたようだが、その驚きを押し殺して、沙織に手を差し出した。

「夏芽《なつめ》さん……柴田《しばた》です。鏡がお世話になりました」

「こちらこそ。柴田さん——私たちは、とにかく情報を必要としています。ご存じのことを、話していただけますか？」

沙織の問いに、達樹は頷《うなず》いた。

その日、三人は遅くまで、互いのもつ情報を交換し合った。《天使の夢《エンジェリックドリーム》》を媒体として、立場の異なる三人が、初めて出逢《であ》った一日が、いつしか静かに更けていった。

第四章　人ならぬ者たちの宴

《間奏曲》

彼は、ここ数日、妙な怯《おび》えを感じていた。

昔から、人付き合いの下手な者はいた。しかし、そうした人々は何らかの共同体に属することにより、自らは作り出せない自分の居場所を、周りから与えられていた。周囲もコミュニケーションを強いることはなく、そうした人々にはそれなりの居場所を割り振って、少なくとも表向きには、大過《たいか》なくすごせるように取り計らっていたものだ。

そうした環境が崩れ始めたのは、前世紀の終わり頃からだったか。

共同体は個人の可能性を束縛《そくばく》し、個人としての発展を阻む。だから共同体から自由になれ。個人が世界に関わることなどできないのだから、志《こころざし》など抱く必要はない。ただ自分一人のために、自分が満足して生きていけ。そう説く風潮が、日本中に蔓延《まんえん》したのは、一九九〇年代になってから――二〇世紀と言う、人類史上おそらく未曾有《みぞう》の、情報の時代の最後を飾る一〇年間に入ってからのことだった。

若者よ、自由になれ。そう主張する評論家が巷《ちまた》に溢《あふ》れ、若者たちは彼らが主張したとおり、みごとに自由になってくれた。

しかし、なぜかそうした風潮が広まるにつれ、逆にコミュニケーション・スキルの不足に脅《おび》える者が多くなり始めた。自分の居場所は、自分で見つけねばならない。有害無益として切り捨てられた社会的共同体は、実は自らの足で立つことのできない者たちに、居場所を提供していたと言うことに、それまで誰も気づかなかったのだ。

理不尽《りふじん》な話だ、と彼は思う。彼もまた、個人の独立を主張した論客《ろんかく》の一人だ。

彼は、人間の力を信じている。時代を動かす人間と言うものがあるとも思っている。ただ、それは六〇億の人類のうち、ほんの一握り――大多数の力をもたない人々を、偉人にならねばならないと言う呪縛《じゅばく》から解き放ってやろうと考えての、共同体否定の発言だった。なのに、なにをどう勘違いしたものか、本来そうした行為に向いていない者たちが、過《か》剰《じょう》なほどに『居場所』を求め始めたのだ。

九〇年代の終わりから二〇〇〇年代の初めにかけて、他者とのコミュニケーションを上手く取れない少年たちによる、異常な犯罪が頻発《ひんぱつ》している。彼は、自立の能力に欠ける者たちが、無理に居場所を求めたための歪《ゆが》みが現れたものだと考える。

ならば、どうすればいいのか。考えあぐねていた末に見い出したものが、《天使の夢《エンジエリックドリーム》》だった。

米国のサブ・カルチャーを研究していた彼は、アメリカのドラッグ取り扱い業者とのパイプをもっていた。幾度か仕事をしたことのある出版エージェント、バイタル・ファクトリーを通じて輸入のルートをつくり、希望する若者たちに売り捌《さば》かせる。彼の思惑通り、《天使の夢》《エンジエリックドリーム》はみごとな効果をあげて、若者たちは孤独の強迫観念から解放された。

そこまではいい。問題は、《天使の夢》の効果を知った若者たちが、彼のコントロールを離れ、独自に《天使の夢》の売買ルートをつくり始めたことだ。

加えて《天使の夢》が普及するにつれ、異常な犯罪が多発し始めた。かつて居場所探しに疲れた少年たちが起こした犯罪よりさらに異常な、人間が起こせるとも思えない犯罪だ。それらが、彼の思想を体現したものと指摘する者が増えている。さらに《天使の夢》が品薄になるにつれ、密売グループが凶悪化しているのも悩みの種だ。

今日まで築いてきた名声を、こんなことで潰《つぶ》されてたまるものか。

彼はバイタル・ファクトリーの榎元《えのもと》に連絡を取り、密売グループの動向を把握しようと努めていた。

いま、その件で連絡が入った。新宿を拠点《きよてん》にしている密売グループが、歌舞伎町を中心とした暴力団、チャイナ・マフィアすら駆逐《くちく》して、勢力を広げ始めていると言う。

なんとかしなければ、と彼は思う。そのとき、榎元は耳寄りな話を告げてきた。

「そのグループのボスは、鹿島《かしま》と言う男でしてね。父親は、警視庁の刑事です。こいつを利用して、密売グループの件が表に出ないようにできませんかね」

そうだ、と思った。警察も、所詮《しょせん》は官僚組織だ。身内から犯罪者は出せない。報道されてしまえば別だが、そうでない限り、揉《も》み消しを図《はか》るに違いない。

伊達《だて》に名が知れているわけではない。警察の上層部にも、話ができる者がいる。そうした人脈を使って、揉み消す手を考えているときのことだった。

突然、携帯電話が鳴った。この番号を知っている者は、そうはいない。何者だろうと、舌打ちしながら通話ボタンを押す。

聞こえてきたのは、覚えのない若い男の声だった。

『祀《まつり》先生、新宿の件でお困りですね。いいことを教えてあげます。あのグループは、近いうちに壊滅しますよ』

「なんだって?」

思わず声をあげ、聞き返す。相手は朗《ほが》らかに笑って、楽しそうに言葉を継《つ》いだ。

『僕ですか? いつも、メールでお目にかかっています。先生のおかげで《天使の夢》に出逢《であ》い、居場所を見つけた、先生のファンですよ』

それだけ言って、電話は切れた。

怪訝《けげん》な顔で携帯の画面を見るが、番号は通知されていない。どうにも気持ちが悪く、眉間に皺《しわ》を寄せたところで、呼び出す声がした。

「祀先生、準備をよろしくお願いします」

今日の出演は、若者たちに蔓延《まんえん》する無気力と、それに裏腹な凶暴性。その原因を探ると言う、文化人や教育心理学者を交えての座談会だ。

気味は悪いが、心配事が消えてくれるならありがたい。頭のうちに萌《きざ》した疑念を押し殺し、気鋭の評論家祀慎二《まつりしんじ》は、スタジオ入りのために立ち上がった。

《本編》

鏡《きょう》の訓練は、順調に進んでいた。

当初は、傾斜界《けいしゃかい》に接触するだけで、その世界に蠢《うごめ》く瘴気《しょうき》の襲撃を受けた。その矛先《ほこさき》を逸《そ》らす訓練に、およそ一週間。さらにそれらを飼い慣らし、自分の体に同調させて、鏡がつくりあげるイメージ・ドール——星《せい》が創造したヒーロー、《オイレン・シュピーゲル》に融身《ゆうしん》する訓練に、さらに二週間。

達樹《たつき》も立ち会うなかで沙織《さおり》の指導には容赦がない。鏡は歯をくいしばってついてきて、融身の技術を修得し、戦闘技術を身につけるまで、およそ一カ月で事足りた。

「もう大丈夫。戦力に数えられるわ」

マンションに戻ってきた鏡に向かって、沙織が太鼓判を押してくれた。

「間に合った。鹿島《かしま》のグループは、明日大きな取り引きをするはずだよ。グループの全員が集合する――うまくいけば、星さんの手がかりも」

掴《つか》めるかも知れない。そう言う達樹に、鏡は唇を噛み締めた。

《天使の夢《エンジエリックドリーム》》のルートは潰《つぶ》したい。しかし、そのために鹿島と戦うことになれば、その素性が暴かれてしまうことになりかねない。

父親の鹿島刑事は、息子がそうした道に足を踏み込んでいることは知らないらしい。いまどき希少種《きしようしゆ》となった観のある、人情味ある馴染みの刑事を、悲しませたくない――鏡は相反する感情に、いまだ踏み切れずにいた。

そんな鏡の思いを読んだかのように、沙織が顔色を窺《うかが》うような口調で言った。

「あのね、鏡――こんなことはいつでも起こりうるのよ。戦い続けていくには、誰かを傷つけないでいることはできない。それを分かってもらいたいわ」

いつもの彼女にも似ず、歯切れ悪く言った。

そして一度口をつぐみ、問いかけるように言ってくる。

「鏡がどうしても嫌なら、今度は私だけでやるけれど……」

そう言ってくれたおかげで、鏡は心を決めた。

沙織に任せてはいけない。これは自分の問題なのだ。

「いや、いい……俺がやるよ」

それだけ言って、鏡は口をつぐんだ。

鹿島《かしま》刑事への感情と折り合いをつけるのは、やはり難しそうだった。

青年にとって、父は憧《あこが》れだった。

父さんは刑事なんだ。悪い奴を捕まえて、みんなの暮らしを守ってる。少年の頃にはそう単純に考えて、子供心に誇らしく思っていた。だから父が言うように、一流の大学に入ろうと、懸命《けんめい》に勉強した。父の言葉を、疑いもしなかった。

その思いが落胆に変わったのは、高校を卒業する頃だった。

気づいてみれば、少年は青春を楽しむ術《すべ》を知らずにいた。そして、父がなぜ自分に、無理なほどの勉強を強いたのか、その理由にも気づいてしまっていた。

この朝、青年はひさしぶりに家に帰った。

父の顔を見たかったわけではない。一つ、大きなイベントが予定されている。そのために、必要なものがあったのだ。

だから、こちらもめったに帰宅しない父と顔を合わせてしまったのは、単なる偶然なのだろう。

父は怒気《どき》を浮かべて、声を荒げて問うてきた。

「光一《こういち》！　おまえ、大学に行ってないそうだな。単位が危ないと、連絡が来ているぞ！」

肩を震わせんばかりに怒る父を、青年は一瞥《いちべつ》しただけだった。

「……うるせえな。俺の人生だ。勝手にやらせろよ」

「なんだと!?　光一、おまえにはできるだけのことをしてやろうと、どれほど父さんが願っているか分からんのか!?」

父があげた怒声に、青年は地鳴りのような唸《うな》りで応えた。

「てめえの都合じゃねえか。高校しか出ていないあんたが、国家公務員上級試験合格のキャリアに顎《あご》で使われる、それが口惜《くや》しいから、息子をキャリアにしようと考えただけだろ。だがな、俺はあんたじゃねえ。もうあんたの道具にゃならねえよ！」

その言葉を叩きつけたとき、父は放心したようになり、その場に立ちつくす。

けっ、と罵声《ばせい》を残して、青年は家を出た。子供の頃にはあれほど大きく見えた父親が、馬鹿馬鹿しいほど小さく見えた。

「俺は、あんたとは違うんだ」

叩《たた》きつけるように閉めたドアに向かって、吐き捨てる口調で言う。そして、青年は父を捨て、自分を頼りにしている仲間たちの居場所に足を向けた。

そして、その日の夜がきた。

大都会には、闇《やみ》はない。新宿、渋谷、六本木。そうした繁華街《はんかがい》では一晩中ネオンが輝き、街を照らし出す。闇に晒《さら》されることなく、世が明けるまでさまようことも容易にできる。

闇《やみ》は街から消え失せた。それを補うように、闇は人の心のなかに、拡大されて現れた。

歓楽街は、人の欲望が渦巻く坩堝《るつぼ》だ。社会の表と裏が束《つか》の間《ま》触れ合う、闇とも光ともつかない狭間《はざま》の街。そこには闇にも、光にもなりきれない者たちが灯りに引き寄せられる蛾《が》さながらに群れ集い、輝きのなかの闇を形作っていく。

新宿、歌舞伎町午前三時。コマ劇場前の噴水広場で、ひとしきり騒ぎがおきている。

「こらあ、おっさん！　生意気ぬかすんじゃねえって言ってんだよ！」

酔ったような怒号が、風の唸《うな》りに乗って噴《ふ》き上がった。

同時に響くのは、固いものが柔らかなものに食い込む鈍い音だ。その度にくぐもった呻《うめ》き声があがり、若者たちの嬌声《きょうせい》が、姦《かしま》しく交錯する。

「高すぎるだと？　警察に垂れ込むとかぬかしたな。ふざけてろよ。こいつは取り締まりに引っかからねぇんだ。そんなことも知らずに、口を出すんじゃねえ馬鹿野郎」

「てめぇらが上等な人間とかぬかしたよな。俺たちが敗残者だとか言ってたよな!?」

「てめーら勝ち組なんだろ!?　勝ち組なら、俺たちより強ええんだよな。ざけんじゃねぇんだよ。弱いじゃねぇかぁ」

若者たちの言葉には、締まりと言うものがまったくない。ただ感情の赴《おもむ》くままに垂れ流される、言葉と呼ぶより野獣の威嚇《いかく》音に近い雑音だ。

最初は些細《ささい》なことだった。同色の帽子なりブルゾンなりを纏《まと》い、仲間意識をことさらに強調している若者たちに、サラリーマンの一団が薬を買おうと近寄っていって、値段のトラブルになったらしい。

　多くの若者が、身の内にどうしようもない閉塞感を抱えている。普段はそれでも保身を考える頭があるために、それが火を噴《ふ》くことはない。しかし、人工の昼がかえって心の闇を増幅させ、抑圧されている暴力への渇望《かつぼう》が、他人の行為を見ているうちに、頭をもたげてしまっていた。

「まだ動いてるぞー。殺せ殺せ」

　無責任な歓声が飛び、どっと笑いが起こる。そうした異常な雰囲気が、若者たちの嗜虐《しぎゃく》性を刺激して、暴力は歯止めをなくしていく。

「死んじまうぜ、おい」

　若者たちの一人が、さすがに危ないと思ったのだろう。おずおずと声をあげるが、すぐさま周りの仲間たちから、よってたかって罵声《ばせい》が浴びせられた。

「意気地のねえ奴だ。おまえもこいつらと一緒か、ああ？」

「黙ってろ！　てめぇも袋にすんぞ、こら！」

　彼らの仲間意識は、ごく希薄なものだ。辛うじて繋《つな》ぎ止められている紐帯《ちゅうたい》は、ちょっとしたことが原因で、淡雪より儚《はかな》く消えてしまう。

　仲間たちの威嚇にあって、若者は蒼ざめて沈黙した。果てしない暴力が、サラリーマンたちに降り注ぐ。しかし、見物人たちは誰一人止めるでもなく笑い転げるのみだ。

　やがて、リーダー格らしい男が声をあげた。

「もう飽きたな。おぉい、おまえら、やめろ。行くぜぇ」

「あー、おもろかった」

「暇《ひま》つぶしにはなったべ」

　晴れ晴れした顔で、暴力の限りを尽くしていた若者たちが輪を崩した。行きがけの駄賃《だちん》とばかりに、最後の一蹴《ひとけ》りをくれる者もいる。肉につま先が食い込む音が聞こえるが、血塗れになったサラリーマンは路上に伏したまま、ぴくりとも動かない。

　一度騒ぎが収まってしまえば、見物人たちは自分に累《るい》が及ぶことを恐れて散り始める。互いに袖を引き合うようにして、そそくさと立ち去っていく。まもなく現場には、三人の若いサラリーマンが、虫の息で転がっているだけとなっていた。

　その光景を、鏡《きょう》と沙織《さおり》が見詰めていた。

　冷徹な瞳をグループに向けたまま、沙織が低い声音で言った。

「あれだけ派手にやったら、彼らも警察に眼をつけられる。その前に口を封じようとするのは間違いないわ」

「ああ……けれど、あいつら大丈夫かな」

　被害者は、生きてはいるようだ。

しかし、重傷であることは間違いない。出血がひどく、頭も手ひどく打っている。脳挫傷を起こしている可能性もあり、予断を許さない状況だ。

心配を隠しきれない鏡に顔を向け、沙織は吐き捨てるように言った。

「彼らは被害者だけど、《天使の夢《エンジエリックドリーム》》を買おうとしていたわ。常用しているとすれば、明日には加害者になったかも知れない。たとえ命を落としても、自業自得よ」

双眸《そうぼう》が碧《あお》光りしているようだ。鏡を置き去りにするような勢いで、さっさと歩き出す。

「いいのかな……抵抗を感じるな」

首を捻《ひね》りながら、鏡は仕方なくあとを追う。

若者グループは、途中のコンビニで酒を買い込んだ。人を殴り殺しかねない暴力を振るった後、平然と酒が飲める神経は、鏡には理解しがたいものがある。が、若者たちは屈託《くったく》なく、酒を飲みあってはけたたましい笑い声をあげている。

と、鏡の携帯が、胸ポケットで振動した。発信先を確かめる。柴田達樹《しばたたつき》だ。

「柴田くん？」

問いかける沙織に眼で頷いて、鏡は通話スイッチを押しつつ耳に当てた。

『鏡か？　単車を靖国通りにもってきた。状況はどうだ？』

「ちょうどいい。奴ら、靖国通りに向かってる。区役所通りとの交差点までもってきてくれ。車で移動されたら、ちょっときつい」

『街中じゃ、変身……じゃなかった。融身《ゆうしん》するわけにもいかないもんな』

「そう言うことさ。それじゃ、頼む」

フリッパーを閉じる。湿度の高い視線を向けてきた沙織《さおり》が、咎《とが》めるように言った。

「彼に教えたのは、やっぱりどうかと思うな。私たちが融身できることまで知ってるのは、ちょっと危険な気がするわ」

「そう言うけどさ。あいつは俺と違って、顔が広いんだよ。桁《けた》の違う情報網をもってるって、もう分かっただろ?」

初めて逢《あ》ってから一ヶ月。沙織の協力で、鏡《きょう》は戦う力を得た。

しかし、傾斜界《けいしゃかい》と交渉している《天使の夢《エンジエリックドリーム》》常用者がどれほどいるかはまったく掴《つか》めていない。《越境者《えつきょうしゃ》》の数も掴めず、このまま戦いを挑むのは、無謀以外の何物でもない――二人だけでは、戦うにも限界があることを、今では沙織も認めている。

そこで、柴田達樹《しばたたつき》の能力が活《い》きる。ろくに通学していない鏡に対して、一流と目される進学校でも、五位以内を外れたことのない頭脳の持ち主だ。

実用的な知識を豊富にもち、豊富な人脈を擁《よう》している。鏡が《天使の夢》を手がかりに星《せい》を探していることも知っていて、陰《かげ》に陽《ひ》に手助けしてくれている、得がたい親友だった。

鏡と同じ年齢ながら、並外れた頭脳をもつ達樹のことだ。表の世界から遠ざかっている鏡はもちろん、人生の大部分を日本以外の国で過ごしてきた沙織にも及びのつかない人脈をもっている。いま、新宿に勢力を伸ばしている鹿島光一《かしまこういち》のグループを特定できたのも、達樹の情報収集力あってのことだった。

そのグループが、コマ劇場前でサラリーマン三人を半殺しにした。

リーダーは鹿島光一という。二二歳になる青年で、喧嘩《けんか》の強さと残忍性では本職のヤクザも舌を巻く。凶暴極まりない男だが、これが鏡の昔馴染《むかしなじ》み、鹿島刑事の息子であった。

それを探り出したのが達樹とあっては、沙織も口をつぐまざるをえない。不承不承《ふしょうぶしょう》その協力を受け入れて、三人は共同で、《天使の夢》を追うことになったのだ。

沙織が先に立って、人混みを縫《ぬ》うように歩を進める。そこかしこで怒号があがり、喧嘩が始まっているようだ。初夏の澱《よど》んだ潤みが、人の心をささくれ立たせているらしい。

こんなときに、無用な刺激は避けた方が賢明《けんめい》だ。

沙織は体を人に当てないよう気を配りながら、鹿島のグループを追っていく。その身ごなしを見ながら、鏡は舌を巻いた。

あちこちに岩角が突き出している激流を、ぶつかることなくすり抜けていくようだ。

後を追う鏡はといえば、とても沙織のようにはいかない。己の力より、相手の力を利用することに長《た》けた柔術を齧《かじ》っていたこともあり、並みの人間よりは遥《はる》かに身ごなしは上手いのだが、やはり急いでいれば幾度かは突き当たる。

「痛ぇぞ、おい！」

歌舞伎町の雰囲気に合わせたように、実に定番《ていばん》の台詞を吐いて凄む奴もたまにいる。

こうした手合いは、まともに相手をするだけ無駄《むだ》だ。謝ればつけあがるし、かと言って高圧的に出ればたやすく逆上する。大抵は仲間を連れているので、衆《しゅう》に頼《たの》んで襲いかかって来るだけだ。

そこで、鏡《きょう》はえらく乱暴な手段を取った。ぶつかった相手が文句を吐き出す前に、素早く肘を脾腹《ひばら》に打ち込む。体をほとんど動かさず、端からは隙間《すきま》をすり抜けるために、体を傾けたとしか見えない。相手は即座に悶絶《もんぜつ》するが、しばらくは立ったままでいるために、仲間に気づかれる恐れもない。

素早くすり抜けて、急ぎ足で遠ざかる。背後で騒ぎが起こったころには、鏡は喧騒《けんそう》のなかに姿を消していると言うわけだ。

この手で、四人ばかりを黙らせた。突然倒れた仲間に仰天してか、幾《いく》つも喚《わめ》き声が起こっているが、鏡は涼しい顔で先を急ぐし、周りの通行人にも気づかれた気配はない。

ただ、沙織《さおり》だけは気づいていたらしい。歌舞伎町を抜け、区役所通りに出る頃には、人通りもかなり少なくなる。どれほど急いでいても、前さえ見ていれば、他人に突き当たることなく歩ける程度の数になった頃、振り返った沙織が、呆《あき》れたような口調で言ってきた。

「乱暴ねぇ。私たちの相手は、《越境者《えっきょうしゃ》》だけだよ。分かってる？」

「分かってるよ。俺はこれでも、常識はあるつもりだぜ」

憮然《ぶぜん》として言葉を返す。

「どうだか。イメージドールの実体化と融身《ゆうしん》を、えらく熱心に練習したわよね」

「それがどうしたよ」

なんとなく他意がありそうな口ぶりに、鏡は警戒心を露《あらわ》に口答えする。

案の定《じょう》、沙織は体を寄せて、鏡の腕の下に肩を入れてきた。細身ながら、骨格の上には若い娘相応《そうおう》の肉体がついている。温《ぬく》んだ空気のなかでも温かく、柔らかな肉体の感触に、思わず鏡が声を上擦《うわず》らせそうになったとき、先手を打つようにして言ってきた。

「常識のある人間ってね。常識に捉《とら》われて、なかなかイメージ自体ができないものよ。けれど、貴方《あなた》は最初からやる気充分だったし、イメージ自体は一週間ほどでできたわね」

碧《あお》光りする薄茶色の瞳が、意味ありげに見上げてくる。思わず顔を赫《あか》らめて、鏡は無愛《ぶあい》想《そう》な口調で言った。

「そ、それがどうしたよ」

「別に。ただ、順応性があるなと思ってさ。もっとも、鏡の場合は星《せい》さんを探すと言う、重要なモチベーションがあるものね」

嘆息するように言って、鏡は声を潜めた。

「今日は、実戦になりそうな気がする。鹿島《かしま》たちが《越境者》を使っているのは間違いないわ。油断しないで」

「いらねえ心配だよ。あんたに、散々しごかれたしな。引けは取らねえよ」

苦虫《にがむし》を噛み潰したような顔で鏡《きょう》が言い、沙織《さおり》は悪戯《いたずら》っぽい顔で微笑した。

沙織の《氷雪の天使《スイニエーク・アーンギル》》は、正義を実現したいと言う、彼女の願いが生み出したイメージだ。同じように、姉を救い出すと言う動機をもつ鏡には、当の星《せい》が創造したイメージがふさわしい。そうした想像上のヒーローが身につけている超能力なども、完全に融身《ゆうしん》をこなせれば、問題なく使えるようになる……そうした主張のもとに、沙織は鏡に、姉の作品を徹底的に読み込むことと、その能力を使いこなせるよう、過酷《かこく》な練習を強いたのだ。

その甲斐あって、鏡は姉がイメージしたスーパーヒーローを、ほぼ自分のものに変えていた。沙織に勝てる気はしないが、大抵の相手に負ける気もしない。力《りき》んだ様子もない鏡に、沙織は小さな声で釘を刺した。

「Cクラスなら楽勝だけど、Bクラスは未知数でしょう？　ましてAクラスが出てきたら……無理はしないことよ」

Cクラスは最低ランクの存在で、瘴気《しょうき》を体に浸透《しんとう》させた結果、潜在意識のままに変貌《へんぼう》させられた、いわば受身の変身体だ。特に卓越した能力をもつでもなく、特化した力ももっていない。融身の際、本能に身を任せてしまったようで、理性を残していない者も少なくない。

こうした相手は、イメージドールの敵ではない。有楽町で《氷雪の天使》が倒した《越《えつ》境者《きょうしゃ》》が、このCクラスだったと言うことだ。

　彼が襲おうとしていたセダンの後部座席に乗っていたのは、日本を代表する電化製品メーカーの、現役の人事部長だったと聞いた。その記事を読んだ沙織は、おそらくはその部長が進めたリストラ策にあって、職を追われた従業員が傾斜界《けいしゃかい》と接触し、融身の術《すべ》を知ったものだろうと推測した。

　要するに、超人的な力をもつのみの、ただの怪物と言うことだ。

　一方、Bクラスに分類されるものは、姿形《すがたかたち》は潜在意識のまま変貌した怪物となる。しかし、理性を保ち、体のコントロールもできている。

　このタイプに変じた相手は、ある程度の特殊能力を使いこなす。潜在意識に基づいて変じた者でも、その心の底に渦巻《うずま》く感情が体を作る源となっているため、本人にも自分が得た力の予測がつくためだ。

　このクラスの《越境者》は、油断してかかれば手痛い反撃を受けることもある。しかし、逆にいえば、油断さえしなければ脅威《きょうい》とするにはあたらない。

　これらのことは、融身の練習中に繰り返し聞かされた。訓練としての実戦で、戦ってきてもいる。この夜までに鏡が戦った《越境者》は、Cクラスが四体といったところか。

　姉が創造したヒーローはさすがに強く、鏡はそのすべてを、楽々と倒していた。

　そんな鏡を危ぶむように、沙織が固い声で忠告した。

「鹿島《かしま》のグループは、Cクラスばかりとは思えない。競合《きょうごう》する組織を潰《つぶ》していった過程を見ると、理性の働きが感じられる。少なくとも、Bクラスがいることは間違いないわ」

「ああ。目的を意識して、完遂する能力を備えているってことだよな」

「そう。Aクラスが出てくるケースだって、考えられないわけじゃないからね」

「Aクラスね……俺たちと同等ってことだよな。あの、狼みたいな奴」

廃工場で出遭った魔人を思い起こして、鏡《きょう》は一瞬、肩を震わせた。

Aクラスは、融身体《ゆうしんたい》を完全にコントロールしている最強の《越境者《えっきょうしゃ》》だ。《氷雪の天使《スイニエーク・アーンギル》》や《オイレン・シュピーゲル》と同じく、設定した能力をすべて使用できる。もちろん理性は完全に保たれ、無敵に見える《氷雪の天使》でも、勝利することができるかどうか。

「あいつが出てきたら……どうすればいいんだ？」

心許《こころもと》なさげに訊《たず》ねた鏡に、沙織《さおり》は素《そ》っ気ない口調で言った。

「戦えると思ったら、戦ってみてもいいわ。けれど、力が及ばないと思ったら、すぐに逃げて。私も融身するのだから、二人がかりなら負けないと思うけど」

「二人がかりね……そいつは心強いな」

半ば自嘲《じちょう》気味に言った鏡の頭に、ふと妙な考えが走った。

「あのさ……ちょっと思ったんだけど、イメージドールやAクラスって言うのは、最初に雛型《ひながた》をつくって、そのイメージどおりに瘴気《しょうき》との融合を果たすって言ったよな？」

「言ったけど、それがどうかした？」

怪訝《けげん》そうな顔で、沙織が問い返す。続けて言うかどうか判断に迷ったあげく、鏡は鼻を擦りながら、ためらいがちに言葉を継いだ。

「もしかして、既成のヒーローをイメージする奴がいたとしてさ。そいつが成功した場合、俺たちは仮面ライダーやウルトラマンと戦うことになるのか？」

その質問はさすがに考えていなかったのか、沙織は奇妙な顔で考え込んだ。

「そうね……イメージが重要な要素になる以上、最初から明確なイメージが提示されている既存のキャラクターを、使わない手はないわね。そうすると、相当な強敵になりうるわ」

考え込みつつ答えた沙織が、ふと悪戯《いたずら》っぽい笑みを浮かべた。

「でも、それほど気にする必要はないんじゃないかな。私は、そう思うよ」

「なんでだよ。もし出てくれれば強敵になるって、いま言ったところじゃないか」

不満そうに言った鏡に、肩をすくめてみせて、沙織は諭《さと》すような口調で言った。

「大抵のヒーローには、弱点が設定してあるからね。私は、これで結構《けっこう》、いろいろなヒーローを知っているつもりよ。大概《たいがい》の相手なら、すぐ弱点をみつけてみせるわ」

胸を張らんばかりにして宣言した沙織を、鏡は呆気《あっけ》に取られて見送った。

「知らなかった……オタクだったのか」

ぼそっと言った鏡《きょう》に、

「なにか言った？」

と、あくまでにこやかに沙織《さおり》が応じたときだった。

二人の眼の前に、大型のバンが滑り込んできた。風が顔に打ちつけ、我に返った二人に、運転席から顔を突き出した達樹《たつき》が、血相変えて呼びかけた。

「二人とも、なにしてるんだ!?　鹿島《かしま》たち、車を使うぞ。ちゃんと見てなかったのか!?」

「ええ!?　嘘！　そんな素振りはなかったわよ!?」

思わず声を上擦《うわず》らせた沙織が、視線を前方に投げかけた。

巨大な一〇トントラックが、靖国通りとの交差点に急停車して、荷台の幌《ほろ》が跳ね上げられる。毒々しい出で立ちの若者たちが次々に乗り込んで、助手席のドアが開け放たれ、ひときわ大柄な男が姿を見せた。

鹿島光一《こういち》に間違いない。頑丈《がんじょう》そうな歯が覗《のぞ》き、凶暴な笑みが閃《ひらめ》いた。次の瞬間、鹿島は助手席のドアを閉じ、大型トラックは排気音を巻き上げて走り出した。

唇を噛んだ鏡が、舌打ちして言った。

「しまった。気づかれてた」

「私たちの正体を、知っているのかも知れないわね。私たちを誘い出すために、あの騒ぎを起こした――だとすると、伏兵がいるかも知れないわ」

「当然、いるだろうね。ああいった奴らが、まともに勝負してくるわけがないよ」

沙織が眉を顰《ひそ》めたとき、達樹が口を挟んできた。

「ここまで突き止めたんだ。あとは君たち次第だ。追跡するんだろ?」

「あ、ああ。ええと……」

問われて、鏡は考えた。

鏡と沙織を誘い出すために、わざわざ暴力沙汰《ぼうりょくざた》を起こしたなら、当然行く先には罠《わな》が張ってあるはずだ。かつては彼らと似たような世界に身を置いていた鏡だけに、こういった連中の考えは手に取るようによく分かる。

まして、鹿島たちは本職の暴力団すら裸足《はだし》で逃げ出す凶悪ぶりで知られたグループだ。卑怯と言う概念など持たない連中だけに、どれほど悪辣《あくらつ》な罠が仕掛けてあることか。

そう考えた鏡だったが、それを口に出すより早く、沙織が身を乗り出した。

「今夜のうちに叩くわ。柴田《しばた》くん、マシンを出して。私と鏡で追いかけるから」

「夏芽《なつめ》さん、大丈夫か?」

危ぶむように、達樹は沙織を見た。

しかし、すぐさま頷《うなず》いた。鏡と沙織が超人的な力を発揮できることを知っている、ほとんど唯一の人物だ。沙織のたおやかな肢体《したい》に、常識からは考えられない力が潜んでいることも熟知しているだけに、危険はないと判断したようだ。

「中林《なかばやし》さん、後ろを開けてくれ。マシンを出す」

「かしこまりました。お二人とも、気をつけてください」

運転席に着いているのは、達樹《たつき》の父が会長を努める警備会社から派遣されている、中林《なかばやし》と言う青年だ。

鍛えぬいた体に、実直な雄牛を思わせる顔が載っている。鏡《きょう》と沙織《さおり》の正体は知らされていないらしく、危ぶむような口調で言いながらも、後部ドアの鍵を外した。

後部ドアが跳ね上げられ、二本の軌条《きじょう》が路面に下りた。バンの内部からは座席が取り払われ、二台の単車が俊敏《しゅんびん》そうな車体を沈めている、その一台に、急ぎ足で歩み寄った沙織が、ハンドルを掴《つか》むなり一気に引き下ろした。

「鏡、早く。大丈夫よ。たかだか不良グループが私たちを食い止めようなんて、素人《しろうと》が軍隊を止めるようなもの。いまは逃がさないことが重要よ」

跨《まが》りざまにエンジンを始動させる。回転計が跳《は》ね上がり、排気音が豪快に轟《とどろ》いた。

「血の気が多いな、まったく……どこが《氷雪の天使》《スイニエーク・アーンギル》だ、まったく」

思わず愚痴《ぐち》が口をつくが、沙織一人だけを追跡させるわけにもいかない。もう一台の単車を鏡が引き下ろしたとき、早くも沙織はスロットルを開き、深夜の路上に躍《おど》り出ていた。

「気をつけろよ、鏡！」

バンの助手席に乗り込んだ達樹が、激励《げきれい》の声をかけてきた。

「おまえは早く帰ってくれ。これから先は、俺たちの戦いだ」

達樹に片眼をつぶってみせて、鏡はスロットルを全開した。エンジンが咆哮《ほうこう》し、後輪に伝えられた動力が一気に車体を押し出して、前輪が宙に跳ね上がる。

二台のテール・ランプが遠ざかっていくのを見送って、達樹は中林を促した。

「ご苦労でした。中林さん、家に戻ってください」

「はい。しかし、よろしいのですか？　お二人が……」

躊躇《ちゅうちょ》する中林に、達樹は苦笑とも、また微笑ともつかない笑みを向けた。

「大丈夫です。あの二人は、とても強いから。鹿島《かしま》が仕掛けた罠《わな》では、二人を止められませんよ。鹿島のグループは、今夜壊滅《かいめつ》することに、なっているんです」

そう言ったとき、達樹の視界は、すでに靖国通りを走る車のテールランプで埋め尽くされて、二人の単車は見分けられなくなっていた。


靖国通りを四谷方向に向かった大型トラックは、途中で山手通りに入り、さらに左折して、中野方面に進路を取った。

鏡は沙織の単車に車体を寄せて、大声で呼びかけた。

「対向車が少なくなってきた。そろそろ仕掛けてくるぞ」

「望むところよ。鏡、融身《ゆうしん》の用意。いいわね」

鏡《きょう》の心に、近づく戦いへの感覚が蘇《よみがえ》る。首筋の毛がちりちりと逆立つような思いに捉《とら》われて、血中《けっちゅう》に放出されるアドレナリンが、暴力への渇望《かつぼう》を駆《か》り立てる。スロットルをさらに開き、一気に加速する。バイザーが押し分ける風が硬度を高め、固体を砕きながら突進しているようだ。

速度計は振り切れんばかりの数字を示し、回転計もレッドゾーンに入りっ放しだ。ライトのなかに浮かび上がる門柱が、一瞬視界をかすめて過ぎた。深夜とはいえ、一〇トントラックのものとは思いがたい速度を出している。首都高速ですら、免許停止間違いなしの暴走ぶりだ。

「無茶な真似を。奴ら、危険を考えていない……いや、最初から、眼中にないのか!?」

タイヤを軋《きし》らせながら疾走《しっそう》を続けるトラックに、鏡が眉を顰《ひそ》めたときだった。

行く手を照らすライトに、一瞬、浮かび上がった人影が見えた。

自転車に乗った、年老いた男性だ。渋紙《しぶがみ》を揉《も》み尽したような顔が恐怖に彩《いろど》られ、すくんだまま動けずにいる。荷台にロープで結《ゆ》わえた箱を結びつけているところを見ると、仕事に出ようとしていたところらしい。いきなり眩《まぶゆ》いライトに照らされて、状況の把握もできずにいるようだ。

無論、鹿島《かしま》のグループに、老人を避けようと言う意思などない。

その光景が網膜《もうまく》に映った瞬間、鏡は大声を発していた。

「闇と光よ、もろともに我が身に宿れ！　融身《ゆうしん》！」

その言葉が、制限機構を失った脳の一部——傾斜界《けいしゃかい》を知覚する領域を活性化するキーワードだった。

脳内を流れる時間が、急激に遅くなる。高速で流れていた景色が速度を落とし、高速度撮影されたかのように、ごくゆっくりしたものに変わる。

同時に、視界に映る周囲の光景が、傾斜界の光景と二重写しになった。

位相の異なる生物の侵入を察知《さっち》したか、傾斜界に澱《よど》む瘴気《しょうき》が、鏡めがけて集中する。

身の内を引き裂くほどの激痛が、全身を貫いた。肌が膨《ふく》れ上がり、視界が真紅に染まる。心臓が急激な変異に抗《あらが》って激しく脈打ち、大量の血液を送り出す。

その血液すら、変異した造血細胞《ぞうけつさいぼう》の働きで人間以外のものに変わり、量も増大した。体を無理矢理変成させる瘴気を押さえ込み、自分が変わるべき姿をイメージする。

黒曜石《こくようせき》と黄金で彩られた体に、白銀でアクセントをつけた筋肉質の道化師《どうけし》——頭部に振りたてた二本の突起は、道化師のマスクか、あるいは悪魔の角か。泣いているような、それでいながら笑っているような無機質の仮面に、涙を模した紅玉《こうぎょく》の滴《しずく》が散った。

イメージドール《オイレン・シュピーゲル》。ドイツの民話に登場する、善とも悪ともつかないトリックスター。その名を借りた、高階星《たかしなせい》が創造したスーパーヒーローが、弟の体を素材として、いま実体を現した。

「雪よ、我が身を覆《おお》え！　融身《ゆうしん》！」

併走していた沙織《さおり》の単車からも、凛《りん》とした叫びが響く。沙織が傾斜界《けいしゃかい》と接触し、零下《れいか》の氷雪が彼女の体を包んで、次の瞬間吹き散らされた。

沙織が姿を変えたイメージドール、《氷雪の天使《スイニエーク・アーンギル》》。その美しい姿が現れるのを待たず、鏡《きょう》はマシンを蹴《け》って跳躍《ちょうやく》した。

音速を超えた速度を発揮して、一〇トントラックの前に躍り込む。急速に減速しつつ、竦《すく》みあがっていた老人を横抱きにして、道路の脇に飛び下がる。

次の瞬間、路上に残された自転車が、トラックのボンネットにぶつけられた。一瞬でひしゃげた武骨《ぶこつ》な自転車が、幅広のタイヤに巻き込まれ、火花をあげつつ踏み潰《つぶ》された。

イメージドールのスピードをもってしても、間一髪だった。路面を蹴った鏡は、さらに宙へと跳躍し、傍らに聳《そび》える給水塔の根元に着地して、老人を座らせた。

「あ、あんたは……」

がくがくと震えながら、老人は鏡を指差した。

眼が血走り、急に咳《せ》き込んだかと思うと、口元から鮮血を噴《ふ》きこぼした。可能な限り減速したつもりでいたが、やはり《オイレン・シュピーゲル》の移動速度は、老人にとっては大きすぎる負担になったようだ。下手をすれば、内蔵が傷ついているかも知れない。

一瞬悔《く》いた鏡だったが、他に方法がなかった。内心で詫《わ》びつつ、踵《きびす》を返して跳躍する。

と、山手通りから金属的な叫喚《きょうかん》が轟《とどろ》いた。初夏の潤《うる》んだ木立《こだち》を通して、一〇トントラックの巨体が横転し、ガソリンに引火したのだろう。ぱっと火の手があがる様が見えた。

「沙織、なんて無茶を！」

鏡は舌打ちを洩らした。冷徹ななかに、不釣合《ふつりあ》いなほど熱い側面をもつ沙織は、ときとして常識を吹き飛ばす行動を取ることがある。自分の命の火が、揺らいでいることもあるのだろうか。他人の命にも、いたって関心が薄いのだ。

「仕方ないな、まったく……爺さん、片付いたら、すぐに救急車をよこす！」

老人の体も心配でなくはない。しかし、可能な限り穏《おだ》やかに運んだのだ。いますぐに、どうと言うことはないだろう。

震えている老人をその場に残して、鏡は跳《と》んだ。地面を一打ちするだけで、体が数十メートル舞い上がる。くの字に折れて横倒しになり、炎上しているトラックが眼下に見えた。

鏡が空中にあるうちに、炎に包まれつつある荷台から蠢《うごめ》き出る、異形《いぎょう》の影が窺《うかが》えた。一〇人どころではなかった。二〇体、三〇体と、人間とはほど遠い姿をもつ怪物が、捻《よじ》れた姿を路上に晒《さら》し、炎の照り返しを受けて半月型の布陣を敷《し》いた。

《越境者《えっきょうしゃ》》だ。瘴気《しょうき》を無秩序に受け入れた末、本能剥《む》き出しの姿に変化した、C級の怪物たちだ。

その中心に、氷で造形されたような美女がいた。結晶化した甲冑《かっちゅう》で体の要所を覆《おお》った、沙織《さおり》の融身体《ゆうしんたい》《氷雪の天使《スイニエーク・アーンギル》》が、包囲を縮めてくるC級《越境者《えっきょうしゃ》》を前にして、少しずつ位置を変えている。

そのとき、運転席のフレームを吹き飛ばして、巨大な影が立ち上がった。

軍用車の分厚い装甲には及びもつかないが、それでも一〇トントラックの運転席は、そう簡単に破壊できるものではない。焼け爛《ただ》れた分厚いフレームを軽々と放り捨てた影は、戦車並みの力をもっているようだ。

「道を塞《ふさ》げ！　警察や消防を入れるな。こいつら、ここで始末をつけろ！」

ぐるぁ、と言葉にならない声が答えた。C級《越境者》数体が、二手に分かれて駆《か》け出した。

《氷雪の天使》の傍らをすり抜けようとした一体を、鏡《きょう》が着地しざまに蹴《け》る。爆発的なキックを浴びた《越境者》が、一撃で胸部を粉砕され、血煙を残して吹き飛んだ。

残った一体が、牙を剥《む》いて威嚇《いかく》した。着地した鏡が、第二撃を叩き込もうと構えを取る。

と、意外な言葉が、《氷雪の天使》からかけられた。

「そいつは行かせて。この場所なら、民家に火が移ることはないわ。警察や消防車が来てしまっては、被害が大きくなる。封鎖させた方がいいわよ」

「い、いいのか、それで!?」

驚いた鏡が、思わず顔を向けた。

無機的な仮面に炎の照り返しを受けたまま、《氷雪の天使》が頷《うなず》いた。

「あの《越境者》、鹿島《かしま》だと思うけれど、B級よ。上位の《越境者》に統率《とうそつ》された、複数のC級と言うのは、私も初めて出会ったわ。だから、データがないのよ。連中、罠《わな》を張ったつもりらしいし、勝算があると言うことよね。一般人を危険に晒《さら》すわけにはいかないわ」

早口で言ってから、彼女は不審げに顔を向けてきた。

「……なによ」

「い、いや。すると、トラックを横転《おうてん》させたのは、あんたじゃなかったのか？」

思わず言ってしまった鏡に、《氷雪の天使》は呆《あき》れたとばかりに言ってきた。

「貴方《あなた》、私をなんだと思ってるの？　いくら私でも、街中で見境なくトラックを横転させたり、炎上させたりはしないわよ」

表情の分からない、水晶の仮面じみた顔でも、呆れ顔と言うのは分かるものだ。

馬鹿なことを言った、と自覚して、鏡は肩を落とした。

そして、咆哮《ほうこう》するB級《越境者》を見つめ、嘆声《たんせい》を洩《も》らす。

「……鹿島さんは、いまでも息子を心配してるんだ。なんとか、元に戻すことは……」

「残念だけど、できないわ。少なくとも、私はその方法を知らない。いまの私たちにできることは、彼をこのまま葬《ほうむ》り去って、その刑事さんに、真実を知らさないことだけよ」

沙織が口にする非情な言葉が、いまの鏡には腹立たしい。

その瞬間、隙《すき》ができたと見たのか、B級《越境者《えっきょうしゃ》》が吼《ほ》えた。アスファルトの路面を揺るがすほどの振動が響き、包囲態勢《たいせい》を取っていたC級《越境者》が、一斉に行動に移った。くぐもったような叫びをあげて、一体が横殴りに腕を振る。

軟体《なんたい》動物の触手《しょくしゅ》に似た腕が噴《ふ》き伸び、さらに幾本にも分かれて、鏡《きょう》の体に巻きついた。

その瞬間、鏡は体を捻《ひね》った。胴に巻きついた触手が、無数に隆起《りゅうき》した瘤《こぶ》から鉤爪《かぎづめ》を表して、肌に食い込もうと試みる。鏡の背後で、外れた数本の触手に絡まれたコンクリート製の電柱が、一気に砕かれて倒壊した。

街灯《がいとう》が一斉に消えてしまい、ちぎれた電線が、青白い火花をあげて闇《やみ》に舞う。そのただなかで、鏡は巻きついた触手をまとめて掴《つか》みあげ、力任せに引いた。

締め上げにかかっていたC級《越境者》が、路面から引き剥がされて飛んできた。その顔面に、拳を叩《たた》き込む。瞬時に頭部が砕け、人間の血液とはほど遠い、膿汁《のうじゅう》に似た体液が、爆発したように飛び散った。中身は得体《えたい》の知れない筋繊維《きんせんい》で、人間の骨は欠片《かけら》もない。

《越境者》は、人間ではない……沙織《さおり》が口にした言葉を証明する、何よりの証拠だった。

鏡は頭部を失ったC級《越境者》の体を振り回し、包囲する《越境者》を薙《な》ぎ倒す。

生命をなくした仲間の体は、その重量と鏡の怪力の相乗効果で、恐るべき凶器と化した。数ばかり揃《そろ》えたC級《越境者》が、鈍い打撃音とともに叩き飛ばされ、戦闘力を失っていく。まだ《オイレン・シュピーゲル》が設定された特殊能力は使っていないが、C級《越境者》にとっては単純なパワーだけでも、致命的《ちめいてき》な相違があると言うことだ。

理性がないはずのC級《越境者》だが、本能的な恐れは失っていなかった。算を乱して後退するなかに、原形を止めないまでに潰《つぶ》れた《越境者》を無造作《むぞうさ》に振り捨て、暗黒の道化師《どうけし》が跳躍した。群れのただなかに踊《おど》り込み、思うさま拳を振るう。と、

「シュピーゲル、避けて！」

《氷雪の天使《スイニエーク・アーンギル》》の叫びが聞こえた。背後で《氷雪の天使》の体にエネルギーが集中し、冷気に変換されて、空気が凍っていく気配が感じられる。沙織の体を変成させた瘴気《しようき》が、傾斜界《けいしやかい》と現実界の双方から精気《せいき》を集め、己が得意のエネルギー形態に変化させているのだ。

咄嗟《とつさ》に、鏡は宙に飛んだ。その軌跡《きせき》を追うように、凛然《りんぜん》とした叫びが吹き上がる。

「酷寒の旋律《ハロードニィ・ミローディヤ》！」

その瞬間、《氷雪の天使》の周囲に、旋風《せんぷう》が渦巻いた。

周囲の物体を形作る分子運動が強引に停止され、温度が見る間に下がる。そのなかで駆動された豪風が、絶対零度の冷気を伴《ともな》って、あたかもドリルのように噴き伸びた。

鏡のパワーに圧倒されたC級《越境者》には、その攻撃を避ける余裕はない。

絶叫とともに、十数体の《越境者》が、酷寒の旋風に巻き込まれた。ずたずたに切り裂かれた肉片が、そのまま凍結して霧散《むさん》する。炎上するトラックの火焔《かえん》すら、その暴風に吹き飛ばされ、炎のまま凍結して、粉々に飛び散った。

トラックの運転台に立ちはだかり、C級《越境者《えっきょうしゃ》》の戦いぶりを見守っていたB級《越境者》——鹿島《かしま》の融合体が、表情を歪《ゆが》めて飛び退いた。

次の瞬間、焼け爛《ただ》れた車体が、無残に引き裂かれて砕け散った。

「逃がさない！」

自ら放った凍結ドリルを追うように、《氷雪の天使《スイニエーク・アーンギル》》が跳んだ。

一直線に飛翔《ひしょう》した彼女の掌《て》に、澄んだ煌《きら》めきを放つ円盤が現れた。《氷雪の天使》が振るう必殺技の一つ、《氷艶斬》の輝きだ。

背後に跳《と》んだ鹿島が、足が路面に触れるなり、猛然と蹴《け》りつけた。逞《たくま》しい筋肉に全身を節くれ立たせた、野牛に似た異形の姿が、アスファルトの路面を割って加速する。唸《うな》りをあげた鹿島の全身に真っ赤な筋が縦横《じゅうおう》に走り、全身が紅蓮《ぐれん》の炎に包まれた。

「くっ……！」

《氷雪の天使》がためらいを見せた。赤熱《せきねつ》した野牛の突進を受け止めれば、ダメージは免れまい。

その躊躇《ちゅうちょ》が、鹿島が付け入る隙《すき》を生んだ。

人間の面影を失った顔に、残忍な笑みが浮かぶ。肩から突き出した一対の角が赤熱し、その中間点から、眩《まばゆ》い火焔《かえん》が噴出した。

「きゃっ!?」

飛び道具は予想外だった。《氷雪の天使》は路面を蹴り、横ざまに跳んだ。その残像を貫《つらぬ》いて、火焔が伸びる。噴《ふ》き伸びた切っ先がアスファルトを泡立たせ、電柱が倒れていく。

その光景に、沙織《さおり》は恐怖を覚えた。戦闘能力自体は、鹿島より上を行くはずだ。しかし、鹿島が失った人としての心が、沙織にはあった。

理性ある人間は、許容量を超えた脅威に対しては、理屈抜きで体がすくむ。暴力衝動を抑えることなく、身を任せてしまった者と、衝動を理性でコントロールしようと努める者の、それが決定的な差になった。

「馬鹿な……勝てないはずがない！」

自分でも信じられないと言わんばかりに、《氷雪の天使》が口走る。己を鼓舞するように拳を握り締め、沙織は再度、極低温の戦輪を起動した。

ほとんど遅滞《ちたい》なく、灼熱《しゃくねつ》の薙刀《なぎなた》が、大気を焼きつつ繰《く》り出された。

その刃が、沙織の体に触れたと見えたとき。

沙織は、戦輪を投じた。弧《こ》を描いて飛んだそれが、火焔の薙刀を横ざまに、煌きを飛ばして断ち切った。

一瞬、怯んだ鹿島が、再度頭を振り上げ、灼熱の刃を呼び出した。

しかし、その動作に伴うタイムラグは致命的なものだった。沙織は余裕をもって戦輪を旋回させ、投じようとしたのだが。

そのとき、彼女が意識もせずにいた方角から、飛んできたものがあった。

ごく細い、白銀に煌《きらめ》く針だった。《氷雪の天使》《スイニエーク・アーンギル》の背を貫通し、一瞬の痛みを走らせる。

「うっ!?」

予想もしなかった痛みに、沙織《さおり》は一瞬、注意を逸《そ》らせた。

喧嘩慣れした鹿島《かしま》が、その隙《すき》を見逃すわけがない。角の中間点が眩《まばゆ》く光り、灼熱の刃が噴き伸びた。

「しまっ……」

ミスを覚った沙織が、引きつったような呻《うめ》きをあげた、そのとき。

「沙織、伏せろ!」

宙に跳んだ鏡《きょう》が、裂帛《れっぱく》の叫びを投げ下ろした。

同時に、全身に精気《せいき》を充満させて、脳裏《のうり》に姉が書いた特殊能力をイメージする。

全身に蓄積《ちくせき》した傾斜界《けいしゃかい》のエネルギーを、破壊の力に変える。

《氷雪の天使》の氷雪の力でもなく、鹿島が振るう高熱でもない。《オイレン・シュピーゲル》が使う力は、位相の異なる傾斜界の構成をそのままこの世界の事物に打ち込み、相互干渉で崩壊させる、いわば究極の破壊能力。鏡たちが暮らす世界では傾斜界の位相を用い、傾斜界では現実界のそれを使う、相反する両面を、それぞれ切り替える特殊能力だ。

正義と思えば悪、悪と思えば正義。伝説に現れる、典型的なトリックスターの名をつけられた《オイレン・シュピーゲル》の、これが命名の由来だった。

「……連鎖崩壊撃《れんさほうかいげき》！」

上擦《うわず》った叫びが、鏡の特殊能力を起動した。

拳の先端から打ち出された、傾斜界の振動が、この世界の大気に触れる。

物質も電磁波も、すべて振動だとする説がある。鏡が放った振動は、異世界の位相をもってこの世界に存在するあらゆる事象《じしょう》に干渉し、根底から相殺《そうさい》する――あらゆる物体が、存在できなくなってしまうのだ。

いま、鏡が放った一撃は、ごく限定されたものだった。

しかし、それでも、威力は想像しがたいものがある。大気中に漂《ただよ》う一分子が位相を変えられて崩壊し、その破壊が続けざまに増幅されて、鹿島めがけて吹き延びた。

「ぐあぁっ！」

得体《えたい》の知れない攻撃を目《ま》の当たりにして、鹿島は怒りの籠《こ》もった叫びをあげた。

沙織を両断しようとしていた炎の薙刀《なぎなた》が、角度を変えた。鏡に向けて振られた灼熱の薙刀が、鏡が放った連鎖の光条《こうじょう》と激突する。

その瞬間、火焔《かえん》の薙刀《なぎなた》は、暴風に晒《さら》された雪の柱さながらに、眩くも儚《はかな》く消え失せた。

鹿島の顔が、恐怖に引きつった。必死の形相で身を翻《ひるがえ》すなり、融身《ゆうしん》したままで、路面を踏み砕きつつ逃げ出した。

「逃……がすかぁっ！」

消耗したまま、ブロック塀に寄りかかっていた沙織《さおり》が、力を振り絞って立ち上がった。

「待てよ、沙織！　俺に任せろ！」

着地した鏡《きょう》が、駆け出そうとする沙織を止める。が、沙織は抗《あらが》った。

「《天使の夢《エンジエリックドリーム》》に魅入られた者は、機会があるごとに抹殺《まっさつ》しなければ……みんな、眼に見える害がなければ、あの薬を規制しようとしない。あの薬は、人間を人間でなくしてしまうものなのに……私たちの未来を、挫《くじ》いてしまうものなのに！」

数十体のC級《越境者《えっきょうしゃ》》を片づけ、二つの必殺技を発動した直後だ。疲労の極《きわみ》に達しているはずなのに、沙織は悲痛な声をあげて、鏡の手をはねのけた。

「《天使の夢》は……私の手で消滅させる……破滅の入り口を、閉じなければ……！」

最後の力を振り絞った叫びとともに鏡を振り払い、沙織が歩み出そうとしたときだった。

夜気を断ち割るようにして、突然鋭い異音が弾けた。

沙織が立ち竦《すく》んだ。そのまま、身動きもしないのを見た鏡が、不審に思って問いかけた。

「どうした？　どこか、やられたのか？」

しかし、沙織は答えずに、ゆっくりと振り向いた。

その瞬間、紅《あか》い煌《きらめ》きが弾《はじ》けた。沙織の胸が内側から膨《ふく》れ上がり、水晶を思わせる透明な結晶が、凍てついた血液を伴って突き出した。

「なっ……どうしたんだ!?　なんだよ、これは！」

慌てる鏡の眼の前で、《氷雪の天使》は足をもつれさせ、どうとばかりに転倒した。

足から、腕から、そして体中から、肉が焼けるような異音とともに白煙が立ち始め、謝肉祭の仮面を模したような顔が、苦痛の表情に歪んで身をよじる。

「あ……あううっ！」

苦痛の呻《うめ》きをあげながら、それでも必死に起き上がろうと地面に突いた手から、変成した表皮《ひょうひ》が剥《は》がれ落ちた。

その内側を一瞥《いちべつ》して、鏡は顔を引きつらせた。

人間のものとは異なる、結晶したような筋肉が、どす黒く腐食《ふしょく》を始めていた。

超人の運動能力を生み出す瘴気浸透《しょうきしんとう》組織が、泡立ちながら溶けていく。その腐食が、彼らが身に受けた傾斜界《けいしゃかい》の瘴気によるものだと言うことを、鏡は覚《さと》った。

「瘴気に……食われていく？　沙織！　早く融身《ゆうしん》を解けっ！　急いで！」

顔色を変えて、《氷雪の天使》の頬を、平手で打ち続ける。

ほとんど意識を失いかけていた沙織も、ようやく無理と覚ったようだ。全身から氷の粒が吹き上がり、瘴気が抜け出して、位相の異なる世界に消えていく。

顔の融身が解け、人間の顔を取り戻した沙織が、振り絞るようにして言った。

「油断した……これは、攻撃よ。私たちと同等の……A級《越境者《えっきょうしゃ》》の……」

それだけ言うのが、精一杯《せいいっぱい》だった。

胸を貫いた結晶は、沙織《さおり》の体内から生えたように見えた。体内に根を張っているように見えるため、外から抜き取ることはできない。

手をこまねいているうちに、沙織は必死に宙をまさぐり、鏡《きょう》の手を掴《つか》んできた。

体の中枢を貫かれたのだ。呼吸は荒く、心拍数も命を繋《つな》ぎとめようとしてのことだろう。懸命《けんめい》に血液を送り出している。

しかし、少女の体を貫いた凶器は消える気配を見せず、冷たい煌《きらめ》きを放ったままでいる。

「攻撃か……？　でも、一体どうやって……」

常識外れの戦闘力をもってはいても、医学の知識のない鏡にはどうすることもできない。もどかしさに取り乱す鏡に、沙織は震える手で取りすがる。

「さっき、鹿島《かしま》の融身体《ゆうしんたい》と戦っていたとき、ちょっとした痛みがあったのよ……あのとき、誰かが私に、こいつの種《たね》を打ち込んだ……そう言うことだと思う。油断したわ……」

悔しそうに言いながら、沙織は鏡の顔を凝視《ぎょうし》した。

荒い息を吐きながら、それでも一言ずつ、震える声で告げてくる。

「いま、私の心臓と肺を、ぎりぎりのところで傷つけていないわ……だから、生きていられるし、話もできる……でも、時間はあまりない……」

それだけ言って、沙織は咳《せ》き込んだ。

途端《とたん》に、真っ赤な鮮血が、唇から溢《あふ》れた。致命的な臓器《ぞうき》は傷つけられていないようだが、逆にいえば、傷ついてもしばらくは保つ臓器——消化器系の臓器は、かなり損傷を被っているようだ。

碧《あお》みがかった瞳に必死の光を宿し、沙織は鏡に取りすがる。

「私……死にたくない。やらなきゃならないことがあるのよ……鏡、私を、助けて……」

硬質な美貌《びぼう》に弱気が宿り、年齢相応の、少女の顔になっていた。

鏡は戸惑《とまど》った。人の頭に、いきなり金属棒を叩き込んできた女だ。たとえ相手が死んでも、目的達成のためならかまわない。そう言いたげな態度が目立っただけに、自分の生死がかかった途端にこの哀願《あいがん》は虫が良すぎる。そう思わないでもないが、しかし。

「……分かった。けれど、俺が知ってるなかで、急患《きゅうかん》を受け付けてくれて腕のいい医師がいる病院は、ちょっと離れてるぜ」

所詮《しょせん》は、女の子を見捨てていられるはずがない。沙織を抱き上げた鏡の眼の前で、二人で倒した《越境者》の死骸が、見る間に腐食して消えていく。その光景は、沙織の肉体を蝕《むしば》んだ組織の崩壊を、そのまま引き写したかのようだった。

消滅していく残骸《ざんがい》を、茫然と見つめながら、鏡は戦慄《せんりつ》とともに呟《つぶや》いた。

「融身したうえで傷を負うと、瘴気《しょうき》に食われる——《天使の夢《エンジェリックドリーム》》が見せる夢は、破滅の入り口……このことなのか？」

鏡《きょう》は沙織《さおり》を抱きかかえたまま、単車を引き起こした。

「この状況じゃ、救急車を呼ぶわけにもいかないからな……我慢しろよ」

沙織をタンデムシートに乗せ、腕を自分の腰に回させて、しっかりと縛った。

このうえは、《オイレン・シュピーゲル》の運動能力に賭けるのみだ。鏡はエンジンを始動させるなり、スロットルを一杯に開いて、一気に加速した。


追撃がないのを訝《いぶか》しみながら、鹿島《かしま》は数百メートル離れた交差点までたどり着いた。瘴気《しょうき》と合体した体が、徹底的な損傷を受けている。不可侵《ふかしん》に思えた肉体が軋《きし》み、悲鳴をあげている。それが、鹿島には信じられなかった。

「馬鹿な。融身体《ゆうしんたい》は無敵じゃないのか？　俺は……誰よりも、強いはずなのに……」

信号柱にすがって、喘《あえ》ぎながら言った鹿島が、突然弾《はじ》かれたように身を翻《ひるがえ》した。

降り注ぐ月光に照らされて、異形《いぎょう》の者が立っていた。身長二メートルを超えた均整の取れた体を、白銀の毛と漆黒の甲冑《かっちゅう》で覆《おお》った、狼の顔をもつ魔人だ。その金色に光る眼で見据えられ、鹿島は救われたような声をあげた。

「お、おめぇか。助けてくれ。手下は、みんなやられちまった。あんな強い奴らがいるんじゃ、もう《天使の夢《エンジエリックドリーム》》は扱えない。話が違うじゃねえか……俺は、降りるぜ」

憤懣《ふんまん》をぶちまける鹿島《かしま》の言葉を、狼面《ろうめん》の魔人は黙って聞いていた。

「分かった。もう、《天使の夢《エンジェリックドリーム》》は必要ない。リタイアを認めよう」

深みのある声が、牙を覗《のぞ》かせた口から紡《つむ》がれた。

「サンキュ。た、助かったぜ」

安堵した声音《こわね》で言いながら、鹿島が歩み出そうとした。

そのとき、魔人は無造作に腕を伸ばし、手刀《しゅとう》を振るような動作を取った。

瞬間、鹿島が棒立ちになった。眼を見開いた顔から、ごく薄い、鋭い結晶体が現れた。

それは鹿島の顔面を割り、そのまま股間までを二つに裂いた。

「て、てめえ……」

二つに切れた口で、鹿島が呻《うめ》いた。

次の瞬間、鹿島は無残な断面を晒《さら》して、左右に倒れた。

その屍《しかばね》を眺めて、狼面《ろうめん》の魔人は言った。

「《天使の夢》は、もう必要ないんだ。発展のステップを、薬に頼らず昇る方法が見つかった……君の役目は、もう終わりだ」

静かに紡ぐ魔人の声音も、もう鹿島の耳には届かない。

まもなく、その死骸は腐食して溶け崩れ、跡形《あとかた》もなく消えていた。

午前五時二七分、東京地方の夜明けの時間。

暗さを失っていく街に、曙光《しょこう》が射した。

その曙光のなかを、四〇〇ccの排気音を轟《とどろ》かせ、中型バイクが走る。フルフェイスのヘルメットを着けた男女が、東京から横浜に至る高速道路を、二人乗りで疾走《しっそう》していく様を見た長距離トラックの運転手は、舌打ちして言った。

「結構なご身分だぜ。こっちは夜通し仕事してるってのに、あいつら朝帰りか。事故らないように気ぃつけろよ」

やっかみ半分の羨《うらや》ましげな言葉だが、対向車線を走ってきたバイクには、もちろんそんな呟《つぶや》きが聞こえるはずもなく、風を撒《ま》いて走り去る。

ヘルメットに見えたライダーの顔は、黒水晶を思わせる艶《つや》やかな仮面だ。

紅玉の涙を飾った道化師《どうけし》の顔を、肩越しに背後に向けて、励ましの言葉を口にする。

「しっかりしろ、沙織《さおり》。もうじきだ」

「ん……大丈夫……」

けして大丈夫とは思えない。呼吸はさらに荒く、消化器系を傷つけた結晶は、沙織の胃に、食道に鮮血を溢《あふ》れさせ、体力を奪っていく。

スーツを通して感じる胸の弾力が激しく浅い呼吸を示し、命の危機を伝えてくる。鏡《きょう》は危機感を抱いたまま、さらに速度を上げた。

スピードメーターは、とうに機能していない。周囲の景色も妙に平板《へいばん》なものになり、曙光《しょこう》の照り返しを受けた現実感のない街並みをすり抜けて、二人を乗せたバイクは狂気じみた疾走《しっそう》を続けていた。

第五章　殺戮の凶天使

《間奏曲》

その日、一つのニュースが、日本とアメリカの間を駆けた。

向精神薬《こうせいしんやく》《天使の夢《エンジェリックドリーム》》が、麻薬に指定されたのである。アメリカの連邦薬事局、日本の厚生労働省が、ほぼ同時に発表したこの措置に、日米の多くの若者が、恐慌《きょうこう》状態に陥った。

新進の心理学者にして映像クリエイター、さらには若い世代を代表する論客《ろんかく》として、日本の代表的文化人と目されていた祀慎二《まつりしんじ》の元にも、彼に心酔していた若者たちからの、悲鳴にも似たメールが殺到した。

『私、もう生きていけません。《天使の夢》は、私のコミュニケーション・スキルを補ってくれる、何より大切なツールです。あの薬があるから、私はこの生き辛《つら》い世界で生きていくことができたのに。どうして私の希望を奪うんですか!?』

『大人たちには、《天使の夢》が既存の社会を破壊するツールだと分かっていたんだ。だから《天使の夢》を麻薬指定して、自分たちの権力を守ろうとしているのだ』

『どうして戦わないいんですか!?　貴方《あなた》は、僕たちの仲間だと思っていました。でも、貴方は抗議一つ、していないじゃないですか。僕たちは裏切られました』

サーバーがパンクするほど押し寄せたメールのほとんどが、《天使の夢《エンジエリックドリーム》》の麻薬指定に憤《いきどお》り、絶望するものだった。

しかし、祀《まつり》はいま、それどころではなかった。

《天使の夢》は、人間の感覚を先鋭化し、通常のコミュニケーションでは感じ取れない、微妙な心の襞まで感知することを可能にする。混迷と閉塞《へいそく》のなかにある現代社会にあって、個人の幸福は共同体に貢献するものではなくなり、社会的に見れば個人の生きがいもなく、死にがいなどさらにない。個人の楽しみに没頭し、個人のみが満足して、黄昏《たそがれ》の時代を生きていく——それが、彼の提唱《ていしょう》した、閉塞した時代の生き方だった。

そのツールとして、《天使の夢》は欠かせぬものだった。副作用は皆無と報告された、アメリカの製薬界が作り出した夢の薬品——それがいきなり違法と断じられ、彼自身も、茫然自失《ぼうぜんじしつ》の思いでいた。

「こんなに大量のメールに、いちいち返信を打っていられるか。俺には、俺の仕事があるんだ。おまえたちも人に頼るばかりじゃなく、自分たちで思索《しさく》してみればどうだ」

先ほどから、テレビのワイドショーでは識者《しきしゃ》と称する人々が、《天使の夢》を断罪する言動を繰り返している。

そのなかに、彼の名も、再三あがっていた。この一事をもって、鬼の首を取ったように、彼の思想をあげつらい、揶揄《やゆ》する者もいた。

『心理学者の祀慎二《しんじ》氏が、《天使の夢》を持ち上げていましたね。社会的なコミュニケーション能力の不足のために人間関係を築くことができず、引きこもりや反社会的な行動を取る者が増えている。こういった若者たちにとって、精神を解放する《天使の夢》は、有益なコミュニケーションの手段だと。こういったいい加減な説をもてはやす奴がいるからね。若者たちがつけあがるんだ』

歯に衣着《きぬき》せぬ物言いで物議を醸《かも》す一方で、安定した人気を誇る中年のキャスターだ。

いつものことながら、自分の名が非難の対象になっていると腹が立つ。

こんな知能の低い輩《やから》に、何が分かるか。近視眼《きんしがん》的に現象面だけを見て、自分たちの定義に合わないと排斥する。その黴《かび》の生えた考え方が現代の状況に対応できなくなっていると、理解するだけの頭もないのか。

「――俺だけじゃない。小説新人賞作家の高階星《たかしなせい》も、《天使の夢》を人類解放の朗報と書いていた。俺よりあの女の方が、社会的影響は大きかったはずだ」

文芸小説新人賞など、古い社会的慣習に拘泥《こうでい》している世代がつくった無意味な権威だ。その賞を受けた作家が、《天使の夢》を評価したんだ。それを否定するのは、おまえたちの権威がまやかしであることを、証明しているにすぎないのだ。

そう考えて、崩れかかる己の思想を正当化しようと試みる。しかし現実に《天使の夢》

は麻薬の汚名を着せられ、彼自身もその動きに反対しなかったと言うことで、若者たちのオピニオン・リーダーの地位から陥落《かんらく》しつつある。

現代の混沌《こんとん》とした世情で生きていくには、俺の思想がもっとも妥当なものなのだ。

そう自分に言い聞かせ、祀《まつり》は辛《かろ》うじて自尊心を保った。

《天使の夢《エンジエリックドリーム》》追放の動きは、実はかなり前から囁《ささや》かれていた。折りよく、若者たちの意識と薬物利用についての討論番組が、今日の午後から収録されることになっている。この状況下で出席すれば、他の出席者たちから集中砲火を受けるのは火を見るより明らかだった。

「俺より知能の劣った奴らに罵倒《ばとう》されるのは、理屈に合わん。論破してやるしかない」

頭の悪い者たちと争うのは精神衛生に悪いが、この際仕方がない。

そのとき、インターフォンが鳴った。出かけようとしているのに、誰が来たんだ。今日は、自宅でアポを取った者はなかったはずだが。

不審に思いながら、祀は応答スイッチを押した。

「なんですか、いまから出かけるところなんだけど」

『失礼しました。祀慎二《しんじ》さんですね?』

聞き覚えのない、初老の男と思しい声だった。

『お手間は取らせません。警視庁の者です。少し、お話しを伺いたいと思いまして』

ごく丁寧《ていねい》な口調だったが、その途端《とたん》に祀の心臓は、早鐘《やはがね》のように打ち出した。

「何の御用です!?　令状はあるのでしょうね。人権を侵害するおつもりですか!?」

我知らず、声音《こわね》が上擦《うわず》った。インターフォンの声が、なだめるような調子に変わる。

『いえいえ、先生に嫌疑《けんぎ》がかかっているわけではありません。《天使の夢》に関して、先生は深い造詣《ぞうけい》をおもちと言うことで。参考までに、お話しさせていただきたいのです』

穏やかな物言いだが、その言葉には断固とした響きが感じられた。

『信用なさらないなら、番号案内で警視庁の番号をお聞きになって、ご確認ください。捜査一課の鹿島《かしま》といいます』

疑いをもっていたわけではないが、祀は警視庁の番号を確認し、捜査一課に問い合わせた。鹿島と言う刑事が、祀慎二《しんじ》の元に向かったかと。確かに、そのとおりだと言う答えだった。

その苗字《みょうじ》に、聞き覚えがあった。急いで朝刊を開き、チェックする。と、社会面に掲載された、大きな見出しが飛び込んできた。

『深夜の山手通り、薬物暴走の果てか』

扇情的な見出しとともに、焼け爛《ただ》れたトラックの残骸が、写真に収められていた。

血走った眼で、記事を読む。五月一二日、午前三時過ぎ。山手通り中野区江古田〇丁目の路上で、大型トラックが横転して炎上。この事故で、トラックに便乗していたと見られる一〇代の少年二〇名以上が焼死、または行方不明。

トラックは、前日に新宿区内の工事現場から盗まれたもので、容疑者としてアメリカの製薬会社、ドラム・メディスンが開発した向精神薬《こうせいしんやく》ロータスの売買に関わっていたと見られるグループが浮上していた。

このグループのリーダー、T大学三年の鹿島光一《かしまこういち》容疑者（22）が関与していると見られ、当局は行方を追っている。

それだけの記事だった。一息に読み取って、祀《まつり》は新聞を押し潰《つぶ》す。

鹿島刑事。鹿島容疑者。

偶然の符合か。否、メールを送ってくるなかに、祀と同じ大学だと言う若者がいた。

父親が、警視庁の刑事だと言っていた。何の実体もない、社会や国家といった、幻想の共同体を守るために汲々《きゅうきゅう》としているつまらない男だと、常に悲憤《ひふん》していた。

そのメールに、祀は答えを返した。父親の世代は、幻想に居場所を求めねばアイデンティティを保てない、過去の世代だと。

それに捉《とら》われてはいけない。自分の思うままに自己を解放し、己が人生を満喫《まんきつ》する。そのためにパワーが必要なら、《天使の夢《エンジエリックドリーム》》を使うのは正しい手段だと、そう指導した。

「なんで俺を巻き込むんだ。この父親は、息子が行方不明になった責任が俺にあるとでも思っているのか。そんなこと、理性に照らしてみればありえないと分かるはずじゃないか」

震えながら、自分に言い聞かせる。眼が血走り、震えが足を萎《な》えさせる。

しかし、怯《ひる》んではいられない。祀は声を励まして、インターフォンに呼びかけた。

「任意なら拒否します。貴方《あなた》がたに入室を許可する理由がありません」

――冗談じゃない。任意なら、従う義務はないんだ。

腹が煮えるような憤りのなかで、祀は吐き捨てた。

軽薄なマスコミのことだ。僕が容疑者だと、無責任に書きたてるに決まっている。

冗談じゃない。馬鹿な信者たちが何をやったところで、僕には関係ない。そもそも現代のように普遍的な価値観などない時代では、責任を取る必要はないと言っているじゃないか。僕に任意同行を求めるなら、僕の著書くらい読んできたらどうだ。

腹立ち紛《まぎ》れに言い散らしながら、祀はインターフォンのスイッチを切った。

任意同行である以上、こちらが拒《こば》めばどうにもならないはずだ。

モニターに映った刑事たちは困惑したのか、互いに話し合っているようだ。

大丈夫だ。彼らには権限もないし、何より僕が拘束《こうそく》される理由がない。

そう考えても、実際に警察と言う組織には、手続きさえ踏めば強制的に連行する力がある。不安は隠しようもなく、その不安を払拭《ふっしょく》するために、あえて声に出して言った。

「令状がないなら、強制的に踏み込むわけにもいくまい。光一と言うのがこの刑事の息子だとしても、俺には関係ないことだ。俺は現代の若者に、コミュニケーション・スキルを補完する有効な手段として、《天使の夢》を紹介したんだ。たまたま使い方を間違えた者がいたとしても、俺が糾弾《きゅうだん》される理由はなにもない」

一息に言って、わずかばかり安心したときだった。

聞き覚えのある声が、同じ部屋のなかから聞こえてきた。

「それは、少しばかりひどすぎないかな？　悩んでいた若者のなかには、心底貴方《あなた》を頼りにしていた者もいたんだよ。鹿島《かしま》など、その一人だった。貴方が保証してくれたから力を得た——そう言う人物だったのに」

弾《はじ》かれたように、祀《まつり》は振り向いた。

彼は一人暮らしだ。誰もいるはずがない。そう思ったが、しかし祀は立ち竦《すく》んだ。いるはずのない者がいた。書斎の片隅、窓際に立っていた者は、二メートル余の身長に、狼のそれに似た、恐ろしくも美しい顔をもつ。金色の双眸《そうぼう》を煌《きら》めかせ、装甲されたような両足を踏まえた怪物だった。

「き……君は誰だ!?　どうやって入った。不法侵入だぞ!?」

決めつけるように言ってから、祀はその怪人がぶら下げているものに気がついた。

力が完全に抜けた、人間の体——命の抜けた人間が、一見すると妙な襤褸《ぼろ》にしか見えないと言うことを、祀は初めて知った。

「な、なんだそれは……そんなものを持ち込むな！　俺を冤罪《えんざい》に落とし込むつもりか!?」

上擦った声で、祀が喚く。と、狼面《ろうめん》の魔人は唇を曲げ、その死体を持ち上げた。

「それはないんじゃないかな、祀先生。この人は、これまでにずいぶん、先生の役に立ってきた人だろう?」

揶揄《やゆ》するように言いながら、突き出された死に顔に、祀は絶句した。

「え、榎元《えのもと》……」

己の死が信じられないかのように、眼を見開いた死体は、祀が高階星《たかしなせい》との接触に便宜《べんぎ》を図らせてきた代行会社の榎元だった。

祀の足から、力が抜けた。その場にへたり込み、言葉一つ出てこない。

魔人は音もなく歩み寄り、片膝を折って、おののく祀を覗き込んだ。

「祀さん。僕も、ずいぶん貴方には世話になったよ。けれど、もう終わりだ。《天使の夢《エンジエリックドリーム》》は麻薬指定を受けたし、これ以上は危なくて扱えない」

「だ、だから……?」

辛《かろ》うじて言葉を押し出した。ひりついた喉に、舌が張りついてしまったようだ。

「君も、《天使の夢》で、社会的な強度を得たらしいな……だったら、麻薬指定されたからといって、使えなくなっていいのか……?」

すがりつくような祀の問いに、魔人は朗《ほが》らかな笑いを響かせた。

そして祀の顔に、獣の顔を近づける。金色の双眸に、祀自身の蒼白な顔が映っていた。

微笑したまま、狼面が言葉を紡《つむ》ぎ出す。

「祀《まつり》さん、人間の脳には、まだ解明されていない機能があるのを知ってるかい? たとえば連続殺人犯の脳には、反社会的行為を抑制《よくせい》する機能が、先天的に欠けていると言う説がある。それと同じでね、社会的関係を築けない人間には、他者の心情を感知するための機能を抑制する機能が強すぎる場合があるんだよ」

「な……なんだって……?」

祀は視線をさまよわせるのみでいる。なにを言っているのか理解できない。

「やっぱり、分からないか……祀さん、貴方《あなた》、自分で《天使の夢》を服用してみた?」

思いついたように問いかけた魔人に、祀は心外そうな口調で言った。

「も……もちろんだ。俺は、危険性があるものを勧めるほど無責任じゃない。何度も使ったよ。そのうえで言えるんだ。副作用など、ないと!」

そう主張することで、麻薬指定がどれほど無茶な措置《そち》か、説明するつもりだったのだが。

魔人は、朗《ほが》らかに頷《うなず》いた。

「貴方は不適格者だったんだ。《天使の夢》を使っていても、才能のない人は駄目だなあ」

「さ、才能がないだって!?」

その言葉は、祀の心を手ひどく傷つけた。

恐怖を吹き飛ばすほどの怒りに、蒼白だった顔が紅く染まった。しかし、魔人は祀の憤《いきどお》りなど、歯牙《しが》にかけるつもりもないようだ。

「あれ、怒るの？　変だなあ。貴方が言っていたんだよ。いまの世界には、才能なんか不必要だって。そんなものがなまじあるから、それを活《い》かせないって悩みが生じる。だから、才能がないのは福音《ふくいん》。だろ？」

にい、と魔人が笑った。その笑顔に底の知れない残忍さを感じて、祀は心臓を鷲掴《わしづか》みにされたような恐怖におののいた。

「行き詰まっているのは、この世界だけ。視点を変えれば、限りない可能性が見つけられるんだよ。その世界を感知できるのは、僕らだけだ。貴方の役目は終わったんだよ」

「視点を変える……？　もう一つの世界だと……？」

何を言われているのか理解できず、祀は茫然《ぼうぜん》と繰り返すばかり。口を吊《つ》り上げて笑う魔人が、肩をすくめるようにして、己の体毛を一本、抜き取った。

「分からなくていいよ。とにかく貴方には《天使の夢》横流しの責任を、全部背負っていってもらうつもりなんだ」

楽しげに言って、思い出したように付け加えた。

「心配しなくていいよ。《天使の夢》がなくても、もう一つの世界と接触する方法があるんだから。外科手術でできることが分かったんだ。でも、密売ルートが洗われると厄介だから、その役目を引き受けてくださいな。一時とはいえ、信者だった者の頼みだよ」

「な……なにを勝手な！」

眼を剥《む》いて、祀《まつり》は怒鳴った。しかし魔人は動じることなく、自分の体毛を弾《はじ》き飛ばした。一直線に飛んだ体毛が祀の胸に突き刺さった瞬間、魔人は指を鳴らした。

その途端《とたん》に、体毛が包丁《ほうちょう》大の刃物と化した。心臓を貫かれた祀が、凄まじい形相で掴《つか》みかかる。その眼の前に、魔人は息絶えた榎元《えのもと》を押しつけた。

榎元と祀は絡み合い、その場に倒れて息絶えた。

にやにや笑いながら、魔人はキッチンに足を運んで、包丁を二本もってきた。

指をもう一度鳴らして、祀の心臓を裂いた凶器を元の毛に戻す。そしてその傷口に、包丁を深々と突き刺した。

「バイタル・ファクトリーも経営が苦しかったんだな。そこに祀が《天使の夢》の密売をもちかけたものの、麻薬指定で責任を押しつけ合ったあげく同士討《う》ちと。よし、完璧」

残忍な笑みを浮かべて、魔人は一陣の風とともに姿を消した。

一度署に戻り、令状を取った鹿島《かしま》刑事らが踏み込んできて、二人の死骸《しがい》を見つけたのは、それから一時間後のことだった。

《間奏曲・終曲　本編》

その日の当直は、鏡《きょう》の手術を担当した奥寺《おくでら》医師だった。

医王堂《いおうどう》病院に運び込まれた沙織《さおり》の状態は、実に危険なものだった。特に胸に打ち込まれた凶器は、心臓に近くて予断を許さない。まして、奥寺は脳外科が専門の医師である。大動脈を傷つける恐れがあるために、そう簡単にはメスを下ろせないようだった。

心臓外科の専門医には、連絡が取れない。一刻を争う事態だ。奥寺は手術に踏み切った。

「この腐食《ふしょく》はどうしたんだろう。薬品でも被《かぶ》ったのかな？」

肌を焼く腐食に首を傾《かし》げる奥寺だが、融身《ゆうしん》を解いたためか、その進行は止まっている。心臓手術を優先させなければならない。奥寺は覚悟を決めて、沙織の体にメスを入れた。

緊急手術の現場には、無論鏡《むろんきょう》は立ち会うことができない。

手術室の外でやきもきしていたが、ふと気づいた。まともに入れないなら、傾斜界《けいしゃかい》を通して入ればいい。そうすればこの世界の壁は干渉できないはずだ。

廊下に置かれたストールから立ち上がり、まず傾斜界に意識を通した。姉が小説中で書いたとおり、心のなかで、光と闇《やみ》の融合を意識して。

「闇と光よ、我が身に集え。融身」

傾斜界の瘴気《しょうき》が、依代《よりしろ》を発見して押し寄せた。それを意志の力で捻《ね》じ伏せて、鏡は《オイレン・シュピーゲル》に融身する。

傾斜界に身を移した鏡の前には、現実界とは無関係な、猥雑《わいざつ》な空間が広がっていた。そのなかに蠢《うごめ》くのは、どこか懐かしい異形《いぎょう》の機械たち。その間を縫《ぬ》うようにして二、三歩進み、感覚を現実界に戻す。

沙織《さおり》が、胸を開かれていた。奥寺《おくでら》医師と城之崎《きのさき》看護士、それに鏡も入院中に顔見知りになった麻酔医と女性看護士が二人、奥寺をサポートしている。人工心肺に繋《つな》がれたチューブに真っ赤な血液が循環し、開かれた胸の内側から、血塗《ちまみ》れの心臓が覗《のぞ》いていた。

胸に突き刺さった凶器を取り除かなければ、どうにも手の打ちようがない。それが手術の主眼だったのだが、いざ胸を開いてみると、凶器は心臓に深く食い入り、さらに増殖を続けて、体を傷つけつつあることが読み取れた。

「先生、これは……」

城之崎看護士が、焦慮《しょうりょ》の宿った瞳を向けた。その顔に、脂汗《あぶらあせ》がびっしりと浮いている。それでも、奥寺の額に滲《にじ》む汗を拭き取るのは忘れない。

しばし胸郭内の状況を観察し続けていた奥寺が、断を下すように言った。

「このままでも、患者の死は避けられない。取り掛かろう」

「は……はいっ!」

手術の困難さを予測してか、看護士たちの顔は、緊張の極《きわみ》にある。しかし皆、自分たちに寄せられた信頼を全《まっと》うすべく、決然として、仕事に取り掛かった。

心臓を切開し、食い込んでいる突起を抜く。それが手順だったが、取り掛かって間もなく、城之崎が上擦《うわず》った声をあげた。

「先生！　突起が、成長しています……切開が間に合いません！」

「そんな、馬鹿な……」

唖然とした奥寺が口走る。しかし、現実に心臓を切開する端《はし》から、心房《しんぼう》に食い込んでいる突起の先端が成長し、心筋《しんきん》を引き裂き始めていた。

「このままでは、縫合《ほうごう》が間に合いません！」

「先生、肺に食い込んでいる突起も、成長を始めました。左肺胞が、破られます！」

「血圧低下！　危機的状況です！」

懸命《けんめい》に戦う奥寺たちを、鏡も焦慮に身を焼きながら見つめていた。

『沙織……駄目なのか。奥寺先生の技術でも』

無力感に苛《さいな》まれながら、鏡は必死になって、沙織を救う方法はないかと考えた。

頭が血の色に満たされるほど考え抜いたとき、突然鏡の頭に、稲妻《いなづま》に似た思考が走った。

――そうだ……確か、昔考えたことがあった。

ヒーローが、敵の最終攻撃に晒《さら》されたとき、一度でいいから、その攻撃を無効にする能力を思いついた。

いつのことだったか……子供の頃だ。小学校に入る前だった。まだ両親が健在で、近くに住んでいた幼馴染《おさななじ》み――柴田達樹《しばたたつき》が、一緒に遊んでいた。

あの頃、テレビでは五人の戦隊や、宇宙刑事が全盛だった。

生意気な子供だった二人は、友だちが夢中になっていたそれらにあえて逆らい、自分だけのヒーローを、子供用のスケッチブックに描き散らして遊んでいたのだった。

「あのとき、達樹《たつき》は強いヒーローを考えた。そして俺は、その強いヒーローを助けられる、いまでいえばサポート役ってのか……そう言うのを考えたんだ」

遠い昔のことだ。両親の死や姉の失踪など、様々なことがありすぎたためか、幼かった頃の記憶は脳の奥深くにしまい込まれ、いままで思い出しもしなかった。

あの能力が使えたら……。

鏡《きょう》は願った。心の奥深くに沈んだ記憶を掘り起こす作業は途方もなく困難なものだった。

幼い頃の鏡が思いついた能力とは、特定部分の時間を戻して、傷が致命的な状態になる前に戻すと言うものだった。子供の発想にしてはえらく控えめなものだが、いまにして思えば、鏡はこの頃から、自分を別のヒーローのパートナー役と考えていたのかも知れない。

三つ子の魂、百まで……などとは考える余裕はなかった。

鏡は精神を集中し、その能力の具現化《ぐげんか》を意識した。

心のなかで、何か通路が開いたような感覚があった。鏡は極端な疲労感を覚え、同時に城之崎《きのさき》が驚愕の声をあげた。

「先生！　異物の成長が止まりました。縮小していきます！」

「……よし、いまだ。摘出《てきしゅつ》を急げ！　縫合《ほうごう》を始める！」

成長を続けていた胸の凶器が、みるみる縮み始めた。

その機を逃さず、奥寺《おくでら》たちは手術を進める。破損箇所が縫合され、出血が抑えられる。

切り取られた異物が摘出され、トレイの上に取り出される。

その光景を見つめながら、鏡はさらに精神を集中した。

今度は、沙織《さおり》の細胞を活性化するのだ。縫合された組織を、端から再生させていく。鏡を蝕《むしば》む疲労は深まるが、低下していた血圧は常態《じょうたい》に復し、呼吸も力強くなってきた。

「信じられん……」

医学の常識を破る回復ぶりを目の当たりにして、奥寺は茫然《ぼうぜん》と呟《つぶや》いた。

しかし手は休みなく、除去と縫合を続けている。やがて心臓を縫合し、人工心肺《しんぱい》から本来の血管に繋《つな》ぎなおして、他の損傷も繕《つくろ》っていく。

奥寺が息をつき、術式の終了を宣言するまで見届けて、鏡は現実界に戻った。

融身《ゆうしん》を解き、そのままストールに崩れ落ちる。色濃い疲労が体の中心に根を張って、背中から崩れ落ちていきそうだ。

「できた……イメージドールは、本当に意志の産物なんだな……」

心臓すら蝕んでいくような疲労感のなかで、鏡は《オイレン・シュピーゲル》の能力を、初めて自分のものにしたような満足感を感じていた。

「姉貴。俺があの能力を考えていたことを知っていて、《オイレン・シュピーゲル》をデザインしたのか……？」

疲労感に身を浸しながら、鏡《きょう》が虚空を眺めて呟《つぶや》いたとき、鏡に劣らず疲労の色濃い奥寺《おくでら》や城之崎《きのさき》が、沙織《さおり》を載せたベッドを押して姿を見せた。

「どうした？　高階《たかしな》君。待っているだけで疲れるかね？」

疲労困憊《こんぱい》といった様子の鏡を見て、奥寺が大儀そうに笑った。

一息ついて、酸素吸入を続ける沙織を顧《かえり》みる。

「成功したよ。彼女の細胞再生力は、驚くべきものだ。論文にして発表したいくらいだよ」

「……ありがとうございます」

それだけ答えて、鏡も笑った。《オイレン・シュピーゲル》のサポートがあっても、奥寺らの献身的な執刀《しっとう》がなければ、彼女の命を救うことはできなかったろう。奥寺本人も、自身の腕に満足しているらしく、優しい笑みを向けてきた。

「信じられないほどの回復力だよ。あと三日もすれば、歩けるようになるかもしれん……油断は禁物だがね」

「はい……ほっとしました。こいつに……夏芽《なつめ》に万一のことがあったら、俺は姉と両親に続いて、心を許せる相手を失うところでした。感謝しています」

「何よりだね。医者にとって、患者からの感謝ほど、ありがたいものはない」

満足そうに言って、奥寺は城之崎を振り向いた。

「万一に備えて、集中治療室で検査。そして異常がなければ、通常病棟に移してくれたまえ。高階くんが入院していた部屋でいいだろう」

奥寺は太い首を回した。専門外の心臓外科手術は、かなりの負担だったろう。城之崎があとを引き取って、からりとした笑顔で言った。

「大丈夫。たぶん、昼過ぎには通常病棟に移れるよ。今夜は私、夜勤に付き合ってあげる。鏡くんも、夏芽さんも、その方が安心でしょう？」

邪気《じゃき》のない笑顔に、鏡は顔をほころばせ、頷《うなず》いた。

と、下げたままの右手に、ほのかな温かみが走った。

驚いて、顔をうつむける。と、沙織がごく弱い力ながら、鏡の右手を握ってきた。

意識は、まだない。しかし、沙織は無心に鏡の手を握ったまま、懇々《こんこん》と眠り続けていた。


警視庁の捜査陣は、焦りを隠せずにいた。

《天使の夢》に独自のルートをもっているものと推定されたオピニオン・リーダー、祀慎《まつりしん》二《じ》が、ノーマークだった男とともに、骸《むくろ》となって発見されたのだ。

しかし、現代の捜査技術はあらゆる視点からの可能性を洗い出す。即座《そくざ》に召集された鑑《かん》識《しき》班が、司法解剖に回すまでもなく、不自然な点を指摘した。

「凶器とされた包丁《ほうちょう》と、傷の形状が合わない。刺し違えたにしては、被害者Bの血痕《けっこん》が見られない。別の場所で刺され、重要参考人との無理心中を装わされたものと思われる」

狼面《ろうめん》の怪人の偽装工作は、さして時間をかけることもなく、あっさりと看破された。

次の疑問は、祀《まつり》とともに死んだ男が何者か、だ。祀の人脈を中心に洗われて、こちらは少々時間がかかったものの、さほどの手間をかけずに割れた。

「鹿島《かしま》さん。例の死体の身元が割れました。バイタル・ファクトリーと言うエージェンシーの社員で、榎元公三《えのもとこうぞう》、四八歳。前科はありませんが、四年前に印税の支払い不履行《ふりこう》で、会社ぐるみ訴訟《そしょう》を受けてます」

「印税トラブルだと？　出版社か？」

連続殺人事件を追ってきた金子《かねこ》刑事が、いち早く調べてきた。

訝しそうに問いかけた鹿島の顔には、疲労の色が濃い。息子が行方不明になって以来、心痛が二重、三重に重なり、心休まるときがないはずだ。

しかし、憑《つ》かれたように勤務を続ける鹿島には、誰も異を唱えない。息子の光一《こういち》が《天使の夢》売買《ばいばい》に関する容疑をかけられているだけに、解決のために鬼ともなろうと言う鹿島の気持ちが、痛いほど分かるのだ。

「いえ、出版社の依頼を受けて作家やライターと接触し、一切をプロデュースする代行会社です。もちろんピンキリですが、この会社は、そうとう評判が悪いようです。印税の不払いや依頼した出版社、仲介した作家とのトラブルが絶えず、先月の末に倒産しています」

「倒産しているのか。だとすると、同僚の線から追うのは難儀《なんぎ》かな」

顔をしかめた鹿島に、金子は首を振り、

「そうでもなさそうです。同僚は一人しかいないんですよ。榎元と共同経営で、福永《ふくなが》と言う四九歳の男が社長です。やはり、不払い事件の被告になっていますね」

「そうか……祀との接点は？」

問われた金子が、手帳を繰《く》る。

「デビュー作のプロデュースをしていますね。初めは大手出版社の社員だったようですが、独立してからトラブル続きで。経営は火の車だったようです」

「ふむ。薬物販売に手を染める動機はあるな」

しばし考えて、鹿島は立ち上がった。

「よし、今回の事件も不可解殺人の一件だから、俺たちの担当だ。その線を追ってみよう」

「はい。じゃあ……」

頷《うなず》きかけて、金子は遠慮がちに問い掛けた。

「鹿島さん。少し休まれてはどうですか？　もう五日も帰宅してないじゃないですか」

「不可解な殺しが、三〇件も続いているからな。俺が一晩休んだ程度で、どうなるものでもないだろうが」

目の周りの隈《くま》を揉みながら、鹿島《かしま》は寂しく笑ってみせた。

「俺が頑張れば、それだけ早く解決する。そんな気がしているのも確かなんだ。もうしばらく、俺のやりたいように、やらせてくれんかね」

口調は穏やかだが、有無を言わせぬ物言いに、若い刑事は口をつぐまざるを得なかった。


沙織《さおり》の手術が行われた日、鏡《きょう》は新聞も、テレビも見なかった。《天使の夢》が麻薬に指定されたことも知らず、前夜から一睡《いっすい》もしていないため、沙織に付き添っているうちに、いつしか眠気が差してきた。

ストールに腰を下ろしたまま、うつらうつらと眠り始める。そんな鏡の傍らで、ベッドに横たわった沙織も、静かに眠っていた。

心臓を縫《ぬ》ったとは思えない回復ぶりだ。城之崎《きのさき》や奥寺《おくでら》、それに出勤してきた心臓外科の医師も、初めこそ緊張して見守っていたが、いまではすっかり気を緩《ゆる》め、通常の看護態勢に戻っていた。

陽が傾いた。広がっていた青空が茜《あかね》色に変わり、窓に射す光が優しいものになって、鏡は眠りの世界から呼び戻された。

「ん……寝ちまったみたいだな……」

付き添いが寝てしまっては、意味がない。そんな照れくささも手伝って首を振った鏡は、いつのまにか眼を覚ましていた沙織が、じっと視線を向けていることに気づいた。

「もういいのか？　無理するなよ。重傷だったんだぞ」

気遣《きづか》う鏡に、沙織は枕に頭を預けたまま首を振った。

「鏡、手術の間、貴方《あなた》の姿が見えてた。《オイレン・シュピーゲル》になって、傾斜界《けいしゃかい》から見てくれてたよね。それで、私の細胞に力を分けてくれた——ね、鏡」

体を起こそうとして、やはり傷口が痛むのか、端正な顔をしかめた。鉱物の結晶を思わせる美貌《びぼう》に紅みが差して、眉根《まゆね》に皺《しわ》が寄る。

「無理するなよ。心臓を縫《ぬ》ったんだぞ。融身《ゆうしん》できるって言ったって、俺たち自身は超人でも、サイボーグでもないいんだからな」

「うん……そうね」

上体を起こすのを諦めて、おとなしく枕に頭を預ける。

そして、顔だけを向けて言ってきた。

「あのね……今日《天使の夢》が、麻薬指定されたはずだよ」

「本当か!?」

驚いて問いかける鏡に、沙織はゆっくり頷《うなず》いた。

「これで、鏡の戦いは、一応終わりだね。私は、報告があるから一度アメリカに戻るけど——星《せい》さんも、遠からず帰ってくると思う」

その言葉に、鏡《きょう》はひっかかるものを感じた。

「報告だって？　沙織《さおり》、おまえ、なんか隠してるだろ」

詰め寄るようにして問いかける。眉根《まゆね》を寄せた沙織は、しかし別のことを口にした。

「私も、一つ訊《き》きたいことがあるの。私を助けてくれた、あの能力――星《せい》さんの設定にはなかったと思うんだけど、どうしてあんな能力が使えたの？」

「話をはぐらかすなよ」

そう言ってはみたものの、沙織は取引だとばかりに、真面目な顔で言ってきた。

「教えてくれたら、私も話すわ。ね、どう？」

「ああ、うん……」

交換条件を出されて、鏡は髪を掻《か》き回した。

しばらく考えた末、素直に話した方がいいと決めた。

「実を言うとな……俺が子供の頃考えた、オリジナルヒーローの能力だったんだ」

「鏡が考えたの？」

眼を丸くする沙織に、鏡は頬《ほほ》を紅《あか》くして、鼻先を掻きつつ言葉を継《つ》いだ。

「ああ……たいていやるだろ？　子供のときってさ。テレビやマンガのヒーローに負けない、自分だけのヒーローを作る遊びって奴を」

「それはね……私のイメージドール《氷雪の天使《スイニエーク・アーンギル》》だって、元々は私の創作だし」

なんとなく納得した様子の沙織に、鏡は照れを表に現してさらに言う。

「小学校に入った頃かな。達樹《たつき》と一緒に、それぞれのヒーローを創ったんだ。達樹のヒーローが強そうだったんでね。俺はサポート役に回って、回復能力をつけてさ……なんだよ」

鏡の顔が、さらに紅くなった。

沙織が実に面白そうに、口元をうずうずさせて見つめている。碧《あお》みがかった薄茶色の瞳が楽しげに輝き、笑い出したいのを必死に堪えていると言う、そんな表情になっていた。

やがて堪《た》えきれなくなったのか、両腕でゆたかな胸を抱えて、悶えるように笑い始めた。

「あはは、あは……い、痛ひー……ご、ごめん」

ひとしきり笑い転げた後、涙を拭き拭き言ってきた。

「いまの鏡って、体力派の不良にしか見えないじゃない。それが、昔はアフロダイAかレインボー戦隊のリリかって能力設定するなんて。いつからそんなになっちゃったのよ」

「ほっとけよ。あんたも大概《たいがい》、古い作品知ってるよな」

憮然《ぶぜん》として言う鏡に、また楽しそうに笑った沙織は、ふと羨《うらや》ましげな顔になって、しみじみとした口調で言ってきた。

「それにしても、本当なのね。イメージドールは、精神の産物か……自分で考え出した能力なら、別の人のデザインにも使えるのね」

ほうっと息をつき、心《しん》から羨ましそうに言う。

「私、達樹《たつき》くんに秘密を話すのは気が進まなかったけれど……すると、彼が考えたヒーローと言うのは、それこそ強そうだったのね。彼が仲間になってくれたら、戦力にならないかな。どんなヒーローだったの？」

「え？　ええと……」

予想していなかった問いに、鏡《きょう》は戸惑《とまど》った。そのときの自分が、達樹が創造したキャラクターを見て、強そうな姿に感嘆《かんたん》した記憶が残っている。とはいっても、所詮《しょせん》は幼稚園児が考えたものだから、現在の眼で見れば相当無理があるのだろうが。

——俺のは思い出せたんだからな。それをたどればいいはずだ。

そう考えてもう一度、自分の描いたヒーローを思い出す。

ふと気づいた。《オイレン・シュピーゲル》は、そのとき描いた絵に似ている。

黒と銀に色分けされた道化師《どうけし》などと言う、子供離れしたデザインを、なぜ五、六歳の子供が思いついたのか……そこまで思い出して、達樹が描いたヒーローが、やはり当時の子供たちが憧れていたヒーローたちとは、まるで違った姿をもっていたからだと気がついた。

自分の描いたヒーローが思い出せたからには、あとは簡単だった。細部まではとてもいかないが、大体の姿は思い描ける。

おぼろげながら、達樹が生み出したヒーローを記憶から掘り起こし——そして、鏡は愕《がく》然《ぜん》とした。

遠い記憶に、おぼろげなスクリーンに映し出された姿。

それが、鏡の心にずっと引っかかっていた、一つの気がかりと重なったのだ。

息を詰めた鏡に不審を覚えたか、沙織《さおり》は小首を傾げて問うた。

「どうしたの、鏡。私、なにか変なこと言ったかな」

「……沙織、悪い。俺、ちょっと出かけてくる。三時間くらいで帰れると思う」

「え？　あの、鏡！」

面食らった沙織が、呼びかける。が、そのときには、鏡は勢いよく病室を飛び出して、階段を駆《か》け下りていた。

「どうしたんだろ。私、なにか変なことを言ったかな」

首を捻った沙織だったが、鏡がなぜ唐突《とうとつ》に出て行ったかは分からない。

溜息をついて、ふと手を伸ばし、枕元に備え付けの、小型テレビの電源を入れた。

五時のニュースが始まったばかりだった。女性キャスターの背後に映された文字を一目見て、沙織は息を吐き出した。

『《天使の夢》、麻薬指定。薬物取締法により、全国で一斉摘発《てきはつ》』

そのニュースに続いて、《天使の夢》服用によるコミュニケーション・スキル補完を主張していた若手評論家、祀慎二《まつりしんじ》の死が報じられた。

すでに、警察は二つのニュースが連動したものとして捜査に入っている。

鏡《きょう》が星《せい》の行方を知るための鍵として追っていた新型向精神薬《こうせいしんやく》に、法のメスが入れられたのだ。

事態が動いた。沙織《さおり》はそう実感するとともに、祀《まつり》の殺害事件に向けた、キャスターの言葉に注意を惹《ひ》かれた。

『祀さん、並びに編集プロダクション社員榎元公三《えのもとこうぞう》さんの殺害について、捜査当局はここ一年にわたって頻発している不可解連続殺人の一環と認定し、捜査体制を敷きました。傷口が非常に鋭利で、外部からの刺創ではなく、内側から切られたような、常識では考えられない状況から、そう判断したとのことです』

その報道を聞いて、沙織は気づいた。《越境者《えっきょうしゃ》》が動き始めた。

《天使の夢》の麻薬指定に伴って、薬を取り扱うには、不可能ではないにしろ、大きな困難が伴うようになる。そう考えた《越境者》――少なくともB級以上のそれが、新たな道を模索し始めたのではないか。

「けれど、《天使の夢》の入手が難しくなれば、傾斜界《けいしゃかい》を感知する機会も減る。どうなるかな。本格的にブラックマーケットに潜るか……でも、大抵の麻薬と違って、あの薬の製造には本格的なプラントと、高度な技術が必要だわ。第三世界や北朝鮮で、そう簡単に作れるものじゃない。すると……」

そう考えを巡《めぐ》らせて、沙織は顔を上げた。

「《天使の夢》で融身《ゆうしん》能力を得た《越境者》は、薬を使わなければ傾斜界を感知できないはず。けれど、超人の力に魅了された者は、どのような手段を用いても、その力を維持しようと努めるわ。とすれば、薬を使わなくても、融身《ゆうしん》する方法を、見い出したと言うことも……」

沙織の脳裏《のうり》を、戦慄《せんりつ》が走った。その方法を、自分が教えてしまったのかも知れない。その可能性に気づいて、沙織が愕然《がくぜん》としたとき、鏡が駆《か》る単車の爆音が鳴り響いた。

猛スピードで走り出した鏡の後ろ姿を、一人の少年が見送っていた。

素直に伸ばした髪が、涼しげな容貌《ようぼう》に彩《いろど》りを添える。穏やかな顔立ちにそぐわない、冷ややかな笑みが、病棟を一渡り見渡した。

「鏡がいると厄介だからな。夏芽《なつめ》さんは身動きできないと思うけど」

そう呟いて、少年はさして気負った様子もなく、淡々と歩を進めていった。

片手には、病室の番号を書いたメモが握られている。

つい数分前、医王堂《いおうどう》病院のナース・センターに電話して訊《き》いた、それは夏芽沙織が入っている病室の番号だった。

陽が落ちて、街を切れるほどに鋭い、細い三日月が照らし始める頃。

鏡《きょう》はマンションの収納庫をひっくり返すような勢いで、片っ端から扉を開けては中身を引っ張り出し、床にぶちまけるようにして、あるものを探し続けていた。

「確か、この辺りだったはずだ。捨ててないはずだよな。ええと……」

引っ張り出した段ボール箱は、役には立たないものの捨てられない、そんなガラクタを集めたタイムカプセルだ。

『作家には、役に立たないものはないのよ。捨てる技術とかもてはやされてるけれど、とんでもない。こと小説家に関する限り、どんなものでも、いつ役に立つか分からないわ。だから私は、なんだって取っておくの』

失踪前、星《せい》はそう言って、せっせと段ボール箱を整理していたものだ。

取っておいても、どこになにが入っているか分からなければ、意味がないものね。

そう肩をすくめて笑った姉の顔が、鏡の脳裏《のうり》に浮かぶ。いまの鏡には反故《ほご》にしか見えない、子供の頃に書き散らしたノートが開いたまま落ち、詰め込まれた本が、音を立てて床を埋め尽くす。

そして、幾つもの収納庫を空にした末に、鏡は目指す箱を見つけ出した。

『鏡、幼稚園時代』

星の筆跡でそう書かれたシールが、表面に貼られていた。一瞬息を詰めた鏡は、その箱を一息に引き出し、ガムテープを剥《は》がす間も惜しんで、一気に蓋《ふた》を引き破った。

姉の手で几帳面に詰め込まれた思い出が、次々に現れる。鏡はそれを一枚一枚素早く確かめ、さらに深く掘り出していく。

そして、見つけた。マジックインキのつたない字で、『たかしなきょう』と書かれた、スケッチブック。鏡のおぼろげな記憶が、その表紙と重なった。

急いで表紙を開き、内容を改める。子供らしい、稚拙《ちせつ》な絵が幾枚か続いたあとに、鏡が探していた絵が、唐突《とうとつ》に現れた。

一枚は、黒と銀色を合わせたような、どこか哀しげな道化師《どうけし》の絵が、まず出てきた。沙織の手術中に、鏡が思い出した絵と、ほぼ同じ姿で描かれていた。平仮名ばかりの説明文が、クレヨンで書き込んである。一〇〇メートル〇・5秒、力は仮面ライダーの二倍……といった、いかにも子供が考えそうな数値のなかに、自分の生命を相手に分けて再生を助ける、サポート能力の記述も確かにあった。

間違いない。確信して、次の絵をめくる。

その瞬間。鏡は息を詰めた。

子供の作品らしく、角張った線で描かれた、オリジナルのスーパーヒーロー。それは、上半身が黒い体毛に覆《おお》われ、下半身をメカ的な装甲に覆われた、直立した狼を思わせる超人だった。

『しばたたつき』の署名がある。ヒーローの名は、『フェンリルマン』。片仮名を知っていた辺り、当時の鏡《きょう》より、達樹《たつき》は字を知っていたらしい。

鏡の喉に、熱く、重い痼《しこ》りが突き上げた。

しかし、考えている暇はない。考えることなら、後からいくらでもできるのだ。

鏡はそのスケッチを破り取り、ポケットに捻《ね》じ込むなり、身を翻《ひるがえ》して駆《か》け出した。

傷ついた沙織《さおり》を蒲田まで運び、また小平まで走るには、達樹が提供してくれた四〇〇ccバイクを使った。新宿から鹿島光一《かしまこういち》を追跡していたからで、他に足がなかったのだ。

しかし、今度は乗り慣れた自分の単車を使う。エレベーターに飛び込んだ鏡は、マンションの専用駐車場に安置しておいた愛用の単車——排気量九〇〇ccのBMWマシンのエンジンを豪快に轟《とどろ》かせた。

銀色のマシンを操りながら携帯電話を取り出す。押した番号は、達樹の番号だ。

しかし、まもなく無表情な言葉が、通話口から聞こえてきた。

『おかけになった電話は、電波の届かない場所にあるか、電源が切られています』

もう一度舌打ちして、鏡はスロットルを開いた。

エンジンを猛々《たけだけ》しく咆哮させ、BMWは銀色の流星となって、ヘッドライトの列に飛び込んでいった。


午後七時三〇分。医王堂《いおうどう》病院は、突如として外の世界から遮断《しゃだん》された。

この時刻には面会時間も終わり、見舞い客は全員帰路《きろ》についている。看護士や医師の引継ぎが行われ、入院患者には夕食が供《きよう》されて、病院の勤務体制全体が、夜間勤務に切り替わろうとする時間帯だ。

だから、電話が通じなくても、しばらくの間は気づかれまい。

しかし、急患を乗せてやってきた救急車が急患入り口に横付けしても、普段ならすぐさま駆け出してくるはずの救急チームが一人として現れず、それどころか扉を閉ざしたまま物音一つしないと言うなら、異常と思われて当然だ。

「医王堂病院、ＥＲチーム！　緊急搬送《はんそう》です。ただちに処置をお願いします！」

血相変えた消防署の救急隊員が、必死に電話で呼びかける。しかし、確かに取り上げられたはずの受話器に応答する者はなく、ただ通話口の向こうで苦しげな呻《うめ》きがあがり、人が倒れるような、重い音が聞こえたのみだった。

「隊長、これは、変です。異常な事態が起こっているとしか思えません」

顔色を変えた隊員が、搬送チームの長を振り向いた。

「病院が、何者かに占拠されている……そう考えたほうがよいと考えます。患者も手遅れになりかねません。一刻も早く、別の病院へ！」

「そうだな……」

難しい顔で、隊長は考える。

救急車の車内では、勤務中に心臓発作を起こしたビジネスマンが、迫り来る死と戦っている。一刻の猶予《ゆうよ》もない、危険な状況だ。

「よし、署に連絡して、この近隣で救急医療体制を整えられる医療機関を選び出してもらえ。それから、警察に緊急連絡。医王堂《いおうどう》病院に異常事態発生の模様。出動要請しろ！」

「は、はい！」

弾かれたように答えた救急隊員が、車載《しやさい》電話に飛びついた。

とにかくも別の病院に運ぼうと、隊長が運転席に乗り込んだとき、ツイン・ヘッドライトの輝きが正門から下ってきた。

「どうしたんですか!?」

フルフェイスのバイザーを上げ、大型の単車を操《あやつ》ってきたライダーが呼びかける。何事かを予想していたのか、野性味を帯びた顔立ちが、血の気を失っている。

医師や看護士にしては若すぎるし、面会時間は終わっている。不審《ふしん》を覚えた救急隊長だったが、やはり外から来た男だし、知らせておいた方がいいだろうと思い直して言った。

「急患を搬送《はんそう》してきたんだが、おかしい。待機しているはずのERチームが姿を見せない。連絡も取れないんだ。我々は、ともかく別の病院に移送する。君も、注意した方がいい！」

それだけ言って、救急車を回して急発進する。

排気音を残して走り去る救急車に一瞥《いちべつ》を送って、ライダーは唇を噛んだ。

「遅かったか。まさか、達樹《たつき》の奴――」

言いかけて、首を振る。柴田《しばた》達樹には疑いを抱いたが、まだそう決まったものでもない。

一瞬ためらって、拳を固く握り締め、自分に言い聞かせるように独語した。

「自分の眼で、確かめることだな……よし」

深く呼吸して、気を鎮《しず》める。脳の傾斜界《けいしやかい》感知領域《りょういき》を起動させ、この世界の位相から、別の位相に知覚が向けられる。

「闇《やみ》と光よ――我が身に宿れ。融身《ゆうしん》！」

なにかを振り切るかのような、押し殺した言葉。体に浸透した瘴気《しょうき》を力ずくで従わせ、姿を変えていく。そして銀と黒を纏《まと》った道化師《どうけし》が、荒涼たる世界めがけて高々と跳《と》んだ。

変質した脳が、行く手に同質の存在を感じ取る。知覚のベクトルをずらして、現実界と傾斜界、双方の狭間に我が身を置く。右眼には傾斜界の光景が映り、左眼には病院の建物が見える。その双方に同時に存在している《オイレン・シュピーゲル》は、五階分の高さを一跳《ひとと》びで越え、《越境者》の気配が渦巻く場所に着地した。

全身の位相を、現実界のものに変える。と、途端《とたん》に視界が、紅《あか》い霞《かす》みに閉ざされた。

高められた嗅覚器官《きゅうかく》が、その成分を解析した。水分と蛋白質《たんぱくしつ》、鉄分、そして様々な栄養分や老廃物――微粒子化した液体が濃密《のうみつ》に漂っているものと判定され、その液体が何なのか、記憶野から答えが弾《はじ》き出される。人間の体液、なかんずく新鮮な血液だ。

五階には病室は配置されていない。看護士長室や理事長室、各科の責任者が詰める部署や、カルテや検査結果表など、門外不出のデータを収めた倉庫がある。

その廊下一杯に、看護士や医者が倒れていた。いずれも原形を止めないほどに引き裂かれ、生々しい臓器《ぞうき》や、血塗れの骨格が露出している。その惨状《さんじょう》を見て取った鏡《きょう》は、さらに加速した。

いまの鏡は、《越境者《えっきょうしゃ》》たちと同質の存在だ。己と同じ者を感じ取った全身の瘴気《しょうき》が、その方向に強烈な疼《うず》きを示す。その感覚が導くままに、鏡は《オイレン・シュピーゲル》の戦闘力を解放し、外科医長室を閉ざすマホガニー製の扉を殴り飛ばした。

分厚い扉が、粉々に砕け散る。その勢いのまま飛び込んで、鏡は急制動をかけた。

狼面《ろうめん》の魔人が、傲然《ごうぜん》として立っていた。身長二メートルになんなんとする逞《たくま》しい体が沙《さ》織《おり》の喉をがっしりと掴《つか》み、高々と吊り上げて、奥寺《おくでら》医師に相対していた。

その腕にすがりつくようにして、城之崎《きのさき》看護士が震えている。同僚たちが惨殺《ざんさつ》されて、生きた心地もしないのか、歯ががちがちと鳴っていた。

「また、別の奴か……何人来ても同じだ。患者のプライバシーに関することを、教えることはできん」

鏡を一瞥《いちべつ》した奥寺が、声を震《ふる》わせて言った。

「こんな無法な真似をせずとも、高階《たかしな》くんのケースは珍しい症例だった。医学上も重要だから、論文にまとめて発表するつもりでいる。そうすれば、いつでも閲覧できるんだ。それを、こんな……」

吹き飛んだドアの隙間から、廊下の惨状がほの見えた。

紅《あか》く塗装された廊下を見つめる奥寺の顔は蒼白ながら、その奥底にあるものは、喩《たと》えようもない怒りだった。

しかし、狼面の魔人は落ち着いた物腰で、首を左右に振ってみせた。

「それじゃ困るんだ。学会に発表なんかされちゃ、傾斜界《けいしゃかい》と接触して《越境者》になる方法を、みんな知ってしまうじゃないか。馬鹿だな、あんたは」

嘲笑《ちょうしょう》を含ませて言った魔人が、立ち尽くす《オイレン・シュピーゲル》に眼を向けた。

「早かったね。僕がこの病院に眼をつけると、予想できたようだね」

「……ああ。おまえの能力なら、《氷雪の天使《スイニエーク・アーンギル》》を殺せたはずだ。なのに、殺さなかった……俺が彼女を、どこに運び込むかを知りたかったんだろう？　《フェンリルマン》」

心のなかで何かが崩れていく感覚を味わいながら、鏡は押し殺した言葉を紡《つむ》ぎ出す。

「俺が、傾斜界と接触できるようになった原因を、探り出そうとしたのか？　おまえは、《天使の夢》の流通をコントロールしようとしていたんだな。岩倉《いわくら》を殺したのも、あいつがおまえとは別ルートで、薬を売り始めたからだろう？」

「あははは、そうか。そこまで分かったのか」

狼の顔に、爽《さわ》やかとさえいえそうな笑みが広がった。細められた金色の瞳が《オイレン・シュピーゲル》を映し、慰撫《いぶ》するような口調で言う。

「けれど、一つ訂正させてくれ。《マン》はいらないよ。僕は《フェンリル》だ」

「そんなこと、どっちでもいい」

さらに押し殺した声で、鏡《きょう》は《フェンリル》の言葉を遮《さえぎ》った。

「先生と、城之崎《きのさき》さんに手を出すな。それから、沙織《さおり》を放せ。なんのために、こんなことをするんだ……達樹《たつき》！」

その言葉を聞いた奥寺《おくでら》が、驚いたように眼をしばたたいた。

《オイレン・シュピーゲル》も《フェンリル》も、奥寺や城之崎にとっては人外のものだ。新手が来たと思ったのだろう。城之崎をかばうようにしている体にも、いまにも切れそうな緊張が漲《みなぎ》っていたが、それがにわかに緩《ゆる》んだ。

二人に顔を向け、鏡は頷《うなず》いた。そして《フェンリル》にまっすぐ視線を向けて、さらに口調を激したものに変えた。

「……達樹、おまえは《天使の夢》を憎んでいたんじゃないのか!? だから、売人《ばいにん》を殺していたんじゃないのか。《天使の夢》は麻薬指定されたんだ。もう、殺す必要はないじゃないか!?」

廊下を染める大量殺人を見ても、鏡はまだ、思い切れずにいた。

《フェンリル》の正体は、柴田《しばた》達樹だ。鏡が《オイレン・シュピーゲル》の原形となったヒーローを描いたように、達樹は幼い日に、《フェンリル》の原型となったヒーローを作り上げていた。

その姿や能力を取っているのだ。間違いない。しかし、本当に達樹が、この殺戮《さつりく》をやってのけたのか——そう考えるには、ためらいがありすぎた。

達樹は、鏡の親友だ。こんなことをする奴じゃない。その思いが言葉に滲《にじ》み、すがるような口調での問いを発していた。

「なにか、理由があるんだろ!?」

訴えるような鏡の叫びに、しかし《フェンリル》は、わざとらしく眼を瞠《みは》り、小馬鹿にするような顔で答えてきた。

「おまえなら、そう思うだろうな。鏡、おまえは昔から馬鹿だよな。自分が選ばれた逸材《いつざい》だと言うことも分からずに、その可能性を、自ら潰《つぶ》していたわけだ」

「鏡……くん？」

奥寺にかばわれ、蒼白になっていた城之崎が、眼をしばたたいて呟《つぶや》いた。

思わず、鏡は視線を逸《そ》らす。が、《フェンリル》は平然として言った。

「そうさ。《天使の夢》を使った者の全員が、傾斜界《けいしゃかい》と接触できるわけじゃない。ごく一部の、そのための資質をもつ者だけが、人間がしがみついている世界とは比べ物にならない、広大な世界を知覚できるんだ。これが、選ばれた者の印でなくてなんだ？」

尊大に背を反らして、《フェンリル》は大きく円を描いてみせた。

「この可能性に満ちた世界が、僕たちには提供されているんだ。現代の汚れた世界を造ってきた、古い人間たちには手の届かない、無限の可能性をもつ世界だ。傾斜界《けいしゃかい》に満ちたエネルギーを、僕たちは思念で使役《しえき》する。なんでも創りあげることができる。鏡《きょう》、僕たちはね、人間が生み出した、新たな神々なんだよ」

己の言葉に、何の疑いももたない狂信者の顔が、そこにはあった。

金色の双眸《そうぼう》に酔ったような光を浮かべ、夢見るような言葉が紡《つむ》がれる。

「人類は、袋小路に入ってしまった出来損ないの生物だよ。だから、僕は子供の頃から、両親に違和感を感じていた。あの人は、出世願望が形を取っただけの造形物で、母親はその奴隷《どれい》だ。たまたま生物学上の親にあたるから、表面上はいい子を演じたよ。だが、僕には分かっていたんだ。僕は、あの生き物たちとは格が違うと。《天使の夢》に出会ったのは運命だったんだ」

狼の顔に、牙が剥《む》き出された。野獣の顔に浮かんだ笑みは、さながら宗教画に見る悪魔の笑みで、血に汚れた大気さえ凍りつくようだった。

あまりに独善的《どくぜん》な物言いに、鏡は呆気《あっけ》に取られた。
一、二度言葉にならない呻《うめ》きを洩《も》らした後、ようやく掠《かす》れた声音《こわね》を搾り出す。

「おまえ……本気で、そう思っているのか？　自分が、人間を超えたものだなんて……」

「現にそうじゃないか？　僕たちは、たとえ米軍が来たって負けやしない。傾斜界に入ってしまえば、誰も追ってこられないし、こっちは好きなときに、好きな場所から攻撃できるんだ。人間たちの手の届かない場所から懲罰《ちょうばつ》の鉄槌《てっつい》を下す。これは神の特権だよ」

鏡が口にした言葉を一顧《いっこ》だにせず肯定し、《フェンリル》は憑《つ》かれたような笑顔で言う。

「いいかい？　人間には、生まれつきのランクがあるんだ。高い者は低い者に対して、あらゆる権利を行使できる。これが、自然の摂理だよ」

言い聞かせるような口調で言って、奥寺《おくでら》と城之崎《きのさき》に顔を向けた。吊り上げられたままの沙織《さおり》が苦しげな呻《うめ》きをあげるが、《フェンリル》は気にした素振りも見せない。

「僕は自分の資格に気づいた。これからは薬ではなく、選ばれた人間に手術を施して、いわば神々のクラブへの、鍵を与えることができるのさ。人間相手のコミュニケーション・スキルなんてものは、《天使の夢》の、卑賤《ひせん》な一面に過ぎなかったんだ」

自分の言葉に酔ったように、《フェンリル》は顔を上気させている。

「鏡、眼を覚ませよ。僕たちは、人間の上に立たなきゃいけない。彼らの役割は、僕たちを生み出すことで終わったんだよ」

自らの正当性を説く《フェンリル》の顔を見て、鏡は説得の無益《むえき》を覚《さと》った。

全身の力が抜けたように感じた。次いで抗《あらが》いようのない怒りが、全身を灼熱《しゃくねつ》させ始めた。

抑《おさ》えきれない憤《いきどお》りが、辛《かろ》うじて言葉の形に組みあがり、無機質な仮面から紡がれる。

「それで……達樹《たつき》。おまえは、どんな世界にするつもりだ?」

その問いには、静かな憤りが籠《こ》もっていた。

しかし、《フェンリル》には、鏡《きょう》の怒りが理解できないようだ。かえって自分の考えを聞く気になったかと誤解して、誇らしげに朗々《ろうろう》と、声を張りあげて言い出した。

「劣った者は優れた者の支配に従い、優れた者はそれぞれ自由に振舞《ふるま》えばいいのさ。僕たちは選ばれた者だ。優れた者は、間違った行動を取るはずがない。劣った者が好き勝手に振舞ってきたから、地球は汚れ、環境は救いようがないほど痛めつけられた。けれど、そんな暗黒時代は今日で終わりだ。この医者たちが白状しなければ、かまわない。いっそ始末してから、カルテを探せばいい。腕のある医者は、どこにでもいるさ」

謳《うた》うような口調で言って、《フェンリル》はぎらついた眼を、奥寺《おくでら》と城之崎《きのさき》に向けた。

ひっ……と、城之崎が息を呑んだ。その怯えた顔を楽しむように、《フェンリル》が一歩踏み出したときだった。

鏡が跳んだ。床を強く蹴《け》り、空中で体を反転させて、天井を一撃する。その加速を加え、沙織の喉を掴《つか》んだままの《フェンリル》の右腕に、強烈な蹴りを振り下ろす。

「うわっ!?」

自分の理想を語り、思い切りいい気分になっていたところに、いきなり叩《たた》きつけられた攻撃だ。さしもの《フェンリル》も対処できず、驚愕《きょうがく》の声を残して跳び下がる。

その途端《とたん》、指が緩《ゆる》んだ。喉を掴《つか》み上げられていた沙織《さおり》の体が滑り落ち、床に落ちる直前で、鏡の右腕が掬《すく》い上げる。

「夏芽《なつめ》さん！」

一声あげた城之崎が、奥寺を押しのけるようにして進み出た。鏡は振り返らずに、沙織を城之崎に向けて突き飛ばし、憤怒《ふんぬ》の籠《こ》もった声音《こわね》で言った。

「勝手なことを言うな。要は、おまえの好き勝手な世界を作ろうってだけじゃないか。餓《が》鬼《き》の妄想《もうそう》みたいなものを、世界の真理みたいに吹くんじゃない」

押し殺した言葉に、灼熱《しゃくねつ》の怒りが滲《にじ》む。

鏡から見れば、達樹の言葉は、子供の寝言としか思えない。早い時期に両親を失い、世間の北風に晒《さら》されてきた鏡は、その世間と相容れず、反抗を気取ったこともある。

しかし、そうした荒んだ日々、毎日の仕事をこなして家族を養うサラリーマンや、小さな商店や町工場を守り抜こうと奮闘する人々に直《じか》に出会い、素直に偉いと感じてきた。

そして、鏡自身、そうした人々が好きだった。人間が人間として、懸命《けんめい》に生きている、この世界が好きだった。

姉の星《せい》が、文学を通じて描こうとしてきたのも、そうした普通の世界で、より緊密なコミュニケーションを築こうと努める人々の、懸命《けんめい》な生き方ではなかったか。

そのすべてをつき混ぜて、鏡《きょう》は思うさま叫びつつ、一気に走った。

「俺は、神になんかなりたくないな！　この世界が好きなんだよ！」

叫ぶと同時に、満身の力を籠《こ》めて体を捻《ねじ》る。態勢を崩したままの《フェンリル》は、勢いを存分に活《い》かした鏡の拳を受け止められず、まともに腹に叩き込まれて、体を折って蹈《た》鞴《たら》を踏んだ。

「く……ええい！」

憎しみの籠もった声をあげ、傾斜界《けいしゃかい》に移行する。獣面人身の姿がにわかに薄れ、宙に溶け込んだが、

「逃がすかよ！」

怒声をあげた鏡もまた、自らを傾斜界に移行させた。

瞬時に姿を消した二人の超人を、奥寺《おくでら》と城之崎《きのさき》は、茫然《ぼうぜん》と見つめるままでいた。

と、城之崎の腕のなかで、沙織《さおり》が身じろぎした。

我に返った城之崎が、慌てた声で呼びかける。

「夏芽《なつめ》さん、大丈夫ですか!?」

「だ、大丈夫です。それより、城之崎さん、先生……すぐ、警察に連絡を。それから、鏡のカルテは、焼却処分にしてください」

「馬鹿を言うな。そんなことはできん」

血の気を失ったまま、奥寺が頑なに首を振る。が、沙織は薄茶色の双眸《そうぼう》に決死の光を滲《にじ》ませて、叩《たた》き斬るような口調で言葉を継《つ》いだ。

「《天使の夢》が消え去ったあと、私たちみたいなものを生み出すのは、鏡のカルテです。医者のモラルには反するかも知れないけれど……お願いします」

思い詰めたように言って、沙織は城之崎の手を振り払い、ふらつく足を踏みしめて立ち上がると、一言呟《つぶや》いた。

「融身《ゆうしん》……！」

冷風が渦巻いた。城之崎が体を硬直させ、信じ難いといった顔で見つめる先で、沙織は全身を透き通った結晶で組み上げたような、《氷雪の天使《スイニエーク・アーンギル》》に変身を遂げた。

「夏芽さん!?　その体は……」

おののきながらも、城之崎は振り絞るような声音《こわね》で呼びかけた。

この姿を見せたからには、沙織は彼女の前にいることはできなかった。大量殺人を犯した《越境者《えつきょうしゃ》》と、沙織や鏡が融身するイメージドールは、本質的に同じものなのだ。

人間の共同体からはみ出した者たちは、その共同体を壊さぬために、さすらい続ける以外にない。沙織は寂しさを押し隠し、ちらりと一瞥《いちべつ》をくれて、自らも傾斜界に移行した。

彼女が姿を消した後、血風渦巻《けつぷううず》く外科医長室には、《氷雪の天使》が残した名残りの雪《ゆき》片《へん》が、風に煽《あお》られた花びらのように、ちらちらと舞っているのみだった。

《オイレン・シュピーゲル》と《フェンリル》は、現実界と傾斜界《けいしゃかい》を行き来しつつ、戦いを繰《く》り広げていた。

《フェンリル》は、確かに強力なA級《越境者《えっきょうしゃ》》だった。デザインや能力が明確な点や、体を完璧にコントロールしている点では、イメージドールとほぼ同等で、実際《オイレン・シュピーゲル》を相手にしても、一歩も引かない強さを見せた。

しかし、同等なら喧嘩慣れしている鏡《きょう》に分があった。人間やB級《越境者》なら圧倒した《フェンリル》の戦闘力も、《オイレン・シュピーゲル》が相手では分が悪かった。

音速を超えた蹴《け》りも、大型タンカーすら軋《きし》ませる拳撃も、《オイレン・シュピーゲル》はさして打撃を受けることなく受け止めて、的確な反撃を放っていく。

拳を白熱させた一撃が、《フェンリル》の右手から放たれる。命中すれば、超高層ビルすら崩壊させかねない打撃だが、鏡はその打撃を最低限の動きでかわし、同時に肘打ちを叩き込む。

「うぐっ！」

《フェンリル》が体を折った。一瞬悶絶したが、すぐさま眼を血走らせ、牙を剥《む》き出して反転した。

鬣《ひげ》が、唸《うな》りをあげて吹き伸びた。旋風を巻いて投網のように舞い、《オイレン・シュピーゲル》の手足を絡めにくる。さすがに鏡は、息を詰めて飛び退いた。その一瞬に、達樹《たつき》は隙《すき》を見た。野獣の顎《あご》に残忍な笑みが閃《ひらめ》いて、抜き取った獣毛が、きらりと光って放たれた。

「食らえっ！　断猛獣針斬！」

ひゅん……と風を鳴らせ、一筋の毛がうねる。常の毛よりもさらに細く、ほとんど眼に止まらない。

怒濤となって舞う鬣に紛れ、そのごく細い鞭は複雑な軌跡を描いて、思いもかけない角度から鏡をめがけて飛んだ。その切っ先が、《オイレン・シュピーゲル》の体にごくわずかでも打ち込まれれば、その瞬間に勝負が決まる。

《オイレン・シュピーゲル》の左腕に、毛筋の先端が突き立った。《フェンリル》の双眸《そうぼう》に喜悦が滲《にじ》み、直径一ミクロンもない毛筋が、爆発的に膨張した……そう見えた瞬間、鏡は右手を振るい、自らの左手の、極細の針が刺さった部分を削り飛ばした。

その瞬間、達樹は自身の獣毛を、現実の位相に移行させた。

二人は渡り合ううちに、新宿西口の、高層ビル群に至っていた。

弾き飛ばされた獣毛の鞭が、弧を描いて高層ビルの一つに突き刺さる。次の瞬間、その獣毛が巨大な刃物に変わり、半ば以上を断たれた巨大なビルが、轟音をあげて傾いた。

ビルの内外で悲鳴があがり、圧力に耐えられなくなった窓のガラスが微塵に砕けて落下する。それに混じって電話機や書類ケースなど、オフィス用品が落下してくるが、傾いたビルはなんとか倒壊せずにもち堪えた。

「お、俺の――俺の、断猛獣針斬が……」

必殺の攻撃を外された《フェンリル》が、茫然として立ち尽くす。

その隙《すき》を、鏡《きょう》は見逃さない。自ら削り飛ばした傷を侵食せんとする瘴気《しょうき》を力任せに抑え込み、肉薄した《オイレン・シュピーゲル》が、思うさま膝を打ち込んだ。

脇腹に膝蹴りを叩き込まれた《フェンリル》が、一瞬呼吸を詰まらせ、体を折った。

その首筋に、振り上げた肘を叩《たた》き込む。その一撃をまともに浴びた《フェンリル》は、たまらずに大地に叩きつけられ、直径数十メートルにもわたって、駐車場が陥没した。

鏡は素早く体を回転させ、構えを取った。しかし、《フェンリル》は膝を落としたまま、立ち上がる気配を見せない。牙を噛み合せた口元から、血を吐くような呻《うめ》きが洩《も》れた。

「なぜ勝てない!? 俺の方が、強いはずなのに!」

「子供の頃の考えのまま、実体化させた《フェンリル》がいつまでも通用するほど、大人の世界は甘くない」

驚くほど非情な声音《こわね》で答えたとき、鏡は悟った。鏡がデザインした姿を使いながらも、星《せい》が作家としての想像力を駆使して《オイレン・シュピーゲル》を創りあげたのは、こういった事態に対処するためだったと。

弟に、どんな《越境者《えっきょうしゃ》》とも戦える、強い力を与えるためだったと。

《フェンリル》が顔を上げた。黄金の瞳に憎しみの炎が燃え、怒りが揺らめく炎となって、獣の口から吐き出された。

「大人だって!?　ふざけるな。あいつらは、ただの奴隷《どれい》じゃないか。ただ慣習に従って、何もかも犠牲にして、あくせく働いたあげくに、可能性を磨《す》り潰《つぶ》してるただの奴隷《どれい》だ。あいつらが、いまみたいなつまらない時代にしちまったんだぞ!?　おかげで、俺たちはなんの希望もない世界で生きていかなきゃならなくなったんだ。おまえ、悔しくないのか!?」

裏切り者、と言いたげな達樹《たつき》の叫びを、鏡は沈黙で受け止めた。

そして激昂《げっこう》することなく、静かに返した。

「希望がない世界――そんなの、当たり前だ。俺たちが、希望のもてる世界を、作ろうとしていないから。大人たちが……先人たちが積み上げてきた世界を、変えていくのは俺たちの役目だろ？　それをしてこなかったんだ。いまみたいになったのは、当たり前だ」

無慈悲なほどの口調で言ってから、やや口調を和《やわ》らげた。

達樹《たつき》の主張にも、正しいものがあるかも知れない。そう考えてのことだった。

「おまえ、傾斜界《けいしゃかい》と現実界を繋《つな》いで、新しい世界を開くつもりだったのか？　だったら、なぜあんなことをしたんだ。独占したら、可能性は開けない。傾斜界と接触できるかどうか、広く公開して、いろいろな才能に、参加してもらわなきゃ意味がないじゃないか」

親友を、立ち直らせたい。そう考えて矛を収めた鏡《きょう》の言葉を、達樹《たつき》は一言ずつ、心に刻み込むようにして聞いていた。

「多くの才能に参加してもらえば、多くの可能性が開ける……そんな……そんなこと……」

葛藤《かっとう》に苦しむような、苦しげな呻《うめ》きが、噛み締めた牙の間から洩《も》れた。

達樹の心が揺れている。その苦しげな響きに、鏡が達樹に向けて屈み込んだとき。

「そんなことしたら、僕より優れた奴が、出てきてしまうかも知れないじゃないかぁ！　僕は、一番でなければならないんだ！　おまえだって、融身《ゆうしん》なんかできるようにならなければ、僕より下だったのに！」

血を吐くような叫びをあげて、《フェンリル》は唐突に跳ね起きた。

「こんな生きにくい世のなかで、僕が支配者になる以外、どうやって生きる方法があるって言うんだ！　おまえみたいに強くない、僕のような者に、一体なにが！　一人だけで生きていけるおまえのやり方を、僕に押し付けるな！」

涙混じりに喚《わめ》きながら、電光の速度で突き上げられてきた右手に、鋭い獣毛が握られていた。ほんの切っ先さえ鏡に食い込ませれば、逆転が成る。そして泣き叫ぶような達樹の動きは、鏡の身ごなしを超える速度をもっていた。

――やられる！

鏡は死を覚悟した。しかしその瞬間、どこか苦しげな叫びが、鏡の耳を震わせた。

「鏡、避けて！」

反射的に、鏡は思い切りのけぞった。

突き上げられた達樹の手が、顎《あご》をかすめて跳ね上がる、その瞬間、鏡の肩先に強烈な冷気を焼きつけて飛来した酷寒《こくかん》の円盤が、達樹の——《フェンリル》の右手首を、真っ二つに切断した。

悲鳴があがった。達樹は狂ったように跳躍《ちょうやく》して、鏡を飛び越そうと試みた。

その先には、肩を上下させつつも氷艶斬を放った《氷雪の天使》がいた。

いまの沙織《さおり》では、死に物狂いになった達樹の攻撃は受け止められない……そう覚《さと》ったとき、鏡は満身の力をこめて、右の拳撃を放っていた。

「連鎖崩壊撃《れんさほうかいげき》……！」

思い詰めた叫びとともに、放たれた拳の軌跡《きせき》が、空間を崩しつつ吹き伸びる。

それが、空中から襲いかかろうと姿勢を定めた《フェンリル》に突き刺さったとき、《フェンリル》はのけぞって、悲痛な叫びをあげた。

「こんなの……僕じゃない！　僕が負けるはずがない！　これは僕じゃない！」

自分を否定する、嘆きの叫び。

その叫びを末期の一語として、《フェンリル》の体は、連鎖崩壊に巻き込まれた。

銀色の獣毛が、美しい漆黒の柔毛が、眩《まばゆ》い光と化して散った。

滑らかな肌が、超人的な運動能力を発揮する筋肉が、強靭《きょうじん》な骨格が、続けざまに砕け、散っていく。瘴気《しょうき》に浸透され、変質していた細胞も、ともに粉々に砕け散り、二つの位相の狭間《はざま》に散って、けして回収されることはない。

やがて、沈みゆく陽光の粒子よりなお細かな砕片に砕け散った達樹《たつき》の体が、血の色に染まった夕陽のなかに、燃え尽きるようにして消えたとき。

融身《ゆうしん》を解いた鏡《きょう》は、悲痛な嘆《なげ》きの声を、暮れゆく太陽に向かって搾り出していた。

その肩を、同じく融身を解いた沙織《さおり》が抱いた。

二人は、お互いを支えあうように、しっかりと体を寄せ合って、茜《あかね》色の光を浴びていた。

終章　安らぎの地平線

《天使の夢《エンジエリックドリーム》》が麻薬指定されてから、一ヶ月ほどが経過した。

地球温暖化は留《とど》まるところを知らず、梅雨が終わりかけたこの時期には、すでに連日三〇度を超える真夏日が続いている。毎年この季節に空を覆《おお》う雷雲も、大気が孕《はら》む暑さが影響しているのか、例年より激しいようだった。

連日ニュースを賑《にぎわ》わせていた不可解殺人も、ここ一ヶ月でめっきり減った。真相を知らない人々は、犯人を検挙できない警察に罵声《ばせい》を浴びせつつも、いくらかは復したらしい日常に、なし崩しに戻っているようだ。

梅雨の晴れ間の昼下がり。鏡《きょう》は沙織《さおり》と二人して、日比谷のオフィス街に近い公園の、ベンチに腰を下ろしていた。

「それにしても、わからないことがあるんだけどな……」

渦巻く髪で、湿った陽光を遮《さえぎ》りながら、鏡が呟《つぶや》いた。

「ん？」

友人以上、けれども恋人未満――そんな風情で、つかず離れず座っていた沙織が、怪訝《けげん》な顔を向けてくる。

「《天使の夢》の供給は、どうやら完全に地下に潜った――しばらくは在庫が出回るだろうけど、大規模なプラントがなけりゃできない薬だもんな。いずれは切れて、傾斜界《けいしゃかい》との連絡も絶たれるだろ。そうすれば、《越境者《えっきょうしゃ》》の行動も収まるだろうけど……いままでも、みんな結構、《越境者》の犯罪に騒がなかったよな。いつ、どこで自分が犠牲になるか分からないのに……それが、どうも分からなくてさ」

「いつ、どこで、誰が犠牲になるか分からないから、じゃないかな？」

虚空《こくう》に視線を投げかけつつ、沙織が答えた。

怪訝《けげん》な顔の鏡を、薄茶色の瞳が見る。硬質な美貌《びぼう》に、形容しがたい諦念《ていねん》の表情が浮いた。

「連続殺人でも、何か理由が分かっている方が、人間は恐れるものだと思う。どんな理由にせよ、思い当たることが一つはあるものだから。けれど、《越境者》の殺人は、本当に動機が分からない……それも当たり前で、傾斜界の瘴気《しょうき》と融合した一人一人が、心の障《さわ》りになっていた人を、排除していただけなんだけどね」

「動機なき犯罪って奴か……」

なんとなく納得して、鏡は視線を前に向けた。

濡《ぬ》れた路面から、水蒸気が立ち上る。蒸し暑い大気のなかで、ノースリーブでいる沙織の陶器を思わせる肩が、滑らかな艶を光らせた。

「動機が分からないなら、天災と同じだもの。降りかかってくるのは、運が悪いだけ。だから、みんな気にしないのよ。刹那《せつな》的な世のなかで、それだけを心配していても始まらない……そう言うことだと思うよ」

「救われない話だなぁ」

投げ出すように言って、鏡《きょう》はベンチの背もたれに体を預けた。

昼下がりの光のなかを、サラリーマンやＯＬが、三々五々行き来する。彼らの姿も水蒸気にまみれ、幻が歩いているようだ。

そんな、夢幻《むげん》的な光景を眺めながら、沙織《さおり》は言葉を継《つ》いだ。

「傾斜界《けいしゃかい》と言うのはね……星《せい》さんの仮説では、人間の意識が生んだ世界じゃないかと言うのよ。あの世界の瘴気《しょうき》は、実現しなかった人間の想い。だから、傾斜界に接触した人間に取り憑《つ》いて、その願望をかなえようとする。それが星さんの考えだったの」

沙織の言葉が、最初に傾斜界に接触したときに見た、夢幻的な光景を思い起こさせた。

荒涼とした風景のなかに広がる、どこか懐かしい猥雑《わいざつ》な空気。そして、そのなかを幻のように浮遊《ふゆう》する、飛行船や蒸気人間車——それらは、なるほど過去の人間が夢想しながら実現せず、現実のなかに呑み込まれた、願望たちの姿だったのだろう。

その儚くも悲しげな姿を思い起こしながら、鏡は頷《うなず》いた。

「そういえばさ……俺、見たよ。傾斜界に接触したとき、幻みたいな乗物を」

「うん。あれは、昔の人たちが恋い焦《こ》がれながらも実現しなかった、願望の影。それが瘴気になって傾斜界に充満し、今でも形になろうとしているの」

優しい口調になっていた。人に生み出されながら、人の手で実現されることのなかった狂おしいほどの願いが、形になる機会を望んだところで、誰に責めることができようか。

そんな慈《いつく》しみを籠《こ》めて、沙織の言葉が、鏡の心を震《ふる》わせる。

「星さんが傾斜界との接触を断とうとしたのは、瘴気が触発する剥《む》き出しの願望に、人間は耐えられないと知ったから。私は彼女の考えに共鳴して、貴方《あなた》に接触を計ったのよ」

「おかげで、命を落としそうになったけどな」

額にうっすらと残る傷を撫《な》で、鏡は苦笑した。

「けれど、だったら目的は達成できたんだろ？　なんで姉貴は、戻ってこないんだ」

半ば愚痴のような口調で呟《つぶや》く鏡に、沙織は複雑な顔を向けた。

「うん……世のなか、一筋縄ではいかないと言うことよ。どんな事件でも、一面だけではできていない……一つの面があれば、もう一つの面がある。私は星さんの危惧を払拭《ふっしょく》するために、公的な顔を得たんだけれど、彼女には辛《つら》いことだったかも知れないな」

澄んでいるようで、どこかに陰りを含む薄茶色の瞳を沈ませ、呟いた言葉に、鏡はふと眉を顰《ひそ》めた。

自嘲《じちょう》的な響きがあるようだ。気のせいかと思いつつ、ためらいながらも問いかける。

「沙織――おまえ、もしかして……アメリカの、何か公的な任務に就いてでもいるのか？」

その言葉を口にした途端《とたん》、沙織《さおり》は肩を震わせた。

しばし息を詰めてから、諦めたように肩の力を抜いた。

「見え見えよね……でも、アメリカではないわ。私は、国際連合管轄《かんかつ》の世界保健機関から派遣された、特務工作員よ。もっとも、正式な職員じゃないけれどね」

「WHO……世界保健機関か。《天使の夢《エンジェリックドリーム》》の危険性は、国連でも着目してたわけだな」

なんとなく納得して、鏡《きょう》は頷《うなず》いた。

告白して楽になったのか、沙織はベンチに体を預け、問わず語りに話し出す。

「実はね。アメリカ国防総省の一部に、《天使の夢》の効果に着目して、合衆国が構想している未来戦略に応用しようと言う動きがあったのよ。傾斜界《けいしゃかい》を無尽蔵《むじんぞう》のエネルギー貯蔵庫に見立てて、接触できる兵士をコントロールし、《越境者《えっきょうしゃ》》を戦力化しようとしたわけ。もっとも、《越境者》は軍のコントロールに従わないと言うことが明らかになって、計画は頓挫《とんざ》したけれど……その後、この研究は、国家安全保障省に移管されたわ。合衆国は、《天使の夢》を、国際秩序を乱す要因と認定したわけよ」

肩を竦《すく》め、腕を広げてみせながら、沙織は苦笑した。

「イメージドールを実用化すれば、対テロリズムの有効な戦力になるから、当初は乗り気だったのよ。けれど、盲点があってね」

遠くを見る目つきで、沙織はしみじみと話し出す。

「米軍の未来戦略は、他国を遥《はる》かに凌《しの》ぐ装備を揃えて、交戦そのものを成り立たなくする構想よ。完全なステルス化と無力化兵器、高能率の通信システムで、他国を圧するものになるはずだったけれど、それは冠絶《かんぜつ》した予算と技術があればこそ。《天使の夢》は……」

ひと息ついて、静かな口調で言う。

「体質さえ適合すれば、どこの馬の骨でも超人になれてしまうのよ。こんなものがはびこった日には、アメリカの世界戦略は根底から崩壊するわ。そこで弾圧に回ったわけ」

「待てよ。そうすると、俺たちも狙われることにならないか!?」

顔色を変えた鏡に、沙織は眼をしばたたき、なだめるように肩を叩《たた》いてくる。

「たぶんね。けれど、大丈夫よ。私は米軍じゃなくて国連事務総長のもとで働いてるわけだし、貴方がイメージドール化の力を得たとは、米軍は知らないから。けれど、星《せい》さんのことは知られているから、姿を見せられないと言うことはあるわ」

困り果てたような口調で、沙織が言う。

「それじゃ、姉貴はいつまで経《た》っても、出て来られないと言うわけか!?」

思わず、鏡が声を荒げたときだった。

二人を、しばらく忘れていた感覚が襲った。

肌を刺すような、体の芯から冷えるような感覚だ。心の一部が吸い取られるような感覚に加え、形容しがたい焦燥感《しょうそうかん》が襲ってくる。

「沙織《さおり》、これは」

確認を求めた鏡《きょう》に、沙織もそれまでとは打って変わった、真面目な顔で頷《うなず》いた。

「近くで、傾斜界《けいしゃかい》に接触した者がいるわ。鏡、探しましょう。《越境者《えっきょうしゃ》》の生き残りがいるなら、早く片づけないと」

申し合わせたように、二人はベンチを離れ、傾斜界に意識を触れさせた。


日比谷公園からほど近い、有楽町の駅前で、福永泰《ふくながやすし》は絶望していた。

彼の会社、『バイタル・ファクトリー』は倒産して、影も形もない。共同経営者だった榎元《えのもと》は評論家祀慎二《まつりしんじ》とともに殺され、残ったのは、膨大な債務《さいむ》だけ。

しかし、福永は己の姿勢がこうした事態を招いたとは、考えてもいなかった。

「誰もが、俺の才能を妬《ねた》んでいる……俺が発掘してやった作家も、企画を教えてやった出版社も、みんなして俺を落とし込もうとしているんだ。畜生、泣き寝入りしてたまるか。俺なしで、おまえらにまともな仕事ができるもんか」

歪んだ憎しみが、福永の心を肥大させ、すべての人間が憎悪の対象にしか見えない。だから、復讐心を満たすにも相手を選ばない――福永の壊れた精神は、そうした段階にまで至ってしまっていた。

狂気の光を両眼に孕ませた福永は、震える手で白い錠剤《じょうざい》を取り出し、ひと息に嚥下《えんか》した。

いまや所持しているだけで違法行為となった向精神薬《こうせいしんやく》、《天使の夢》《エンジエリックドリーム》。正式名を《ロータス》と言うこの薬を、福永は今日まで隠し持ち、復讐の機会に備えていたのである。

道行く者のすべてが、悪意の権化に見える。誰でもよかった。歪《ゆが》んだ憤《いきどお》りの捌《は》け口に、選《え》り好みはしない。ただ、彼よりも強い相手でなければ。

噛み砕いた《天使の夢》が、脳を刺激する。感覚が異常に研ぎ澄まされ、日常は感知できない、もう一つの世界と接触する。

そして、傾斜界に満ちる瘴気《しょうき》――実現しなかった願望の凝集体は、その達成を可能とする依代《よりしろ》を見い出して、にわかに濃度を増した。

「いた……まだ、融身《ゆうしん》していない！」

感覚の導くままに、日比谷通りを走った鏡は、目指す敵を見い出した。

平凡な眼には、なんと言うことのない、いつものビジネス街だ。

しかし傾斜界に接触し、その位相を見る者には、現実のビル街に重なって、荒涼とした荒野が見える。そして、その光景を歪ませるほどの濃度で集中しつつある、瘴気の渦も。

その中心に、男がいた。尾羽打ち枯らした、荒んだ男。憎しみを顔一杯に充満させ、《天使の夢》に身を任せた人間特有の憑《つ》かれたような眼を虚《うつ》ろに行く手へと向けている。

醜《みにく》く捲《めく》れた唇から、黄ばんだ歯が剥《む》き出しになっていた。血走った眼が道行く人々に向けられ、その紅《あか》みを帯びた視線には、歯止めのない殺意が籠《こ》められているようだ。

「あいつ……福永《ふくなが》！」

姉を苦しめ、失踪に追いやった男の一人だ。そう見て取った鏡《きょう》の、傾斜界《けいしゃかい》と同調した眼に、瘴気《しょうき》が濃密に押し寄せ、福永の体に吸い込まれていく様子が窺えた。

——間に合わない！

その瞬間、鏡は後先考えず、大声で叫んでいた。

「闇《やみ》と光よ、我が身に集え！　融身《ゆうしん》！」

梅雨の晴れ間の、穏やかな陽の射す昼下がり。これからオフィスに戻ろうとしている人々の鼓膜《こまく》を、その場違いな叫びが、容赦《ようしゃ》なく震《ふる》わせた。

何事かと振り向いた人々は、次の瞬間、眼を疑《うたが》った。

通行人を突き飛ばさんばかりの勢いで駆《か》けてきた少年が、路面を蹴《け》って跳躍《ちょうやく》した。

「鏡、駄目よ！　あの男、まだ融身してない……まだ駄目！」

後を追ってきた沙織《さおり》が、悲鳴にも似た叫びをあげた。

しかし、跳躍した鏡の体は眩《まばゆ》い炎に包まれ、一瞬の輝きの後、漆黒と銀、そして血の真紅に彩《いろど》られた、道化師《どうけし》の姿に変貌を遂げた。

そのまま数百メートルを飛び渡り、戦いの雄叫びを轟《とどろ》かせる。

いままさに瘴気を纏《まと》い、体に侵入させようとしていた福永が、振り向いた。

やつれた顔が、驚愕《きょうがく》に歪《ゆが》む。その顔面の中心に、繰《く》り出した《オイレン・シュピーゲル》の蹴りが直撃し。

熟れた西瓜《すいか》を蹴《け》ったような感触とともに、頭部が微塵《みじん》に砕けた。

頭髪が朱に染まって舞い飛び、砕けた頭蓋《ずがい》が、肉片とともに歩道を濡《ぬ》らした。首から上を完全に失った福永の死骸が、血煙をあげて、仰向けに転倒した。

《越境者《えっきょうしゃ》》を倒した。しかも、被害が出る前に。

満足感を覚えながら、鏡は融身を解いた。

本来の姿に戻って着地し、首なしの死体を見下ろしたとき、初めて違和感が湧《わ》いた。

死体がある。イメージドールに倒された《越境者》は完全に砕け散り、死体は現実界と傾斜界の双方に撒き散らされて、判別不可能な肉片に変わってしまうはずだ。だからこそ、世間の人々は両者の戦いに気づくことなく、行方不明事件として、新聞紙上を賑わすに留《とど》まっていたのだ。

しかし、福永の死体は厳然としてそこにあり、心臓がまだ動いているのだろう。首の破砕面から噴《ふ》き出す鮮血が、歩道を真紅に染めていく。

やがて、間欠泉《かんけつせん》のように噴出していた血の勢いが衰えてきたとき、鏡は自分が犯した失敗を覚《さと》った。

福永《ふくなが》は、まだ融身《ゆうしん》されていなかった。人間の体のまま、そして何も罪を犯していないまま、鏡《きょう》に蹴《け》り砕かれ、死を迎えてしまったのだ。

立ち尽くす鏡に向け、無数の足音が交錯した。

もっとも耳に響くのは、聞き慣れた沙織《さおり》の靴音だ。しかし、彼女はまだ遠い。超人の運動能力を発揮した《オイレン・シュピーゲル》が、数百メートルを飛び渡り、置き去りにしてしまったから。

乱れて近づいてくる足音は、もっと近くから聞こえていた。

ぼんやりと顔を向けた鏡の眼に、警察官の制服を纏《まと》った男たちが、顔を引きつらせて走ってくる姿が映った。

何が起こったのか、理解していないに違いない。ただ、数人の右手に光る黒光りする回転式拳銃が、眼前に佇《たたず》む鏡を人外の存在として恐れていることを、如実に示しているのみだった。

拘置所《こうちしょ》の床は冷たく、気晴らしになる物は何もない。

その床に足を投げ出したまま、鏡はぼんやりと、視線を虚空《こくう》に向けていた。

「しまったなぁ……俺たちには、相手に纏《まと》いつく瘴気《しょうき》が見えちまう、だからって、福永《ふくなが》はまだ、なんにもしちゃいなかったんだよな」

私たちは超人になれる。けれど進化したわけじゃないし、神になったわけでもない。

沙織が口にしていた言葉が、改めて脳裏《のうり》に蘇《よみがえ》った。

連日の取調べにも、鏡は疲れ果てている。相手の刑事も、常識を超越した事件であるためか、及び腰なのが救いではあるが。

何より辛いのが、鹿島《かしま》刑事が取り調べに加わっていることだ。

『おまえは、法に反することはないと思っていたんだがな』

数ヶ月前とは別人のようにやつれた鹿島が、疲れ果てたような口調で言ったとき、鏡は顔を上げることができなかった。

「これが、沙織が言っていたことだったのかな」

呟いたとき、答える声が、虚空から聞こえてきた。

「そうよ。そして、星《せい》さんが姿を隠した理由――確実な未来を変えるために行動しても、それが罪になる。人間には、それ以上の権限があるのかどうか……その答えが出せないから、彼女は姿を隠したのよ」

声が終わらないうちに、拘置室の一角に冷気が走った。

位相の異なる世界同士が接触する際に感じる、世界が二重写しになるような感覚。そしてその感覚が収まったとき、そこには結晶で構成されたような《氷雪の天使《スイニエーク・アーンギル》》が立っていた。

「感心ね。融身《ゆうしん》すれば、こんな拘置所はひとたまりもないでしょうに。おとなしくしてたんだ」

揶揄《やゆ》する響きはない。本気で感心しているらしい沙織《さおり》に顔を向け、鏡《きょう》はふてくされた口調で言った。

「仕方ないだろ。このうえ、俺が逃げたんじゃ、収拾がつかなくなる。みんな、傾斜界《けいしゃかい》のことは知らないんだしな」

「ルールを守るのは感心だけどね。鏡、私は、貴方《あなた》に逃げてほしいのよ」

膝を突いて屈み込み、沙織は諭《さと》すような口調で言う。

「《天使の夢《エンジエリックドリーム》》は麻薬指定されたけれど、まだ消滅したわけじゃない。私や貴方《あなた》のように、外科的手段で傾斜界《けいしゃかい》との接触を可能にする者も、現れるかも知れないわ。それに……」

言葉を切って、口調を改め再開した。

「もしも、人類がいつの日か、傾斜界との接触を可能にするために抑制されたレセプターをもってるなら、それを先天的に使える人間が現れないとも限らない。それやこれやで、貴方は貴重な戦力なのよ。拘置所《こうちしょ》やら少年刑務所やらで、燻《くすぶ》っていてほしくないの」

「だから、脱獄しろと？　それ、俺に一生日陰者《ひかげもの》で過ごせって言ってるみたいなもんだぜ」

憮然《ぶぜん》として言った鏡に肩をすくめてみせて、沙織は体を横に向けた。

「そう言ってるみたいなもんだけど、あえて信念を曲げてくれないかな。星《せい》さんも、そう言ってるし」

どこか悪戯《いたずら》っぽい響きの言葉を聞いて、視線を彼女の背後に向けた途端《とたん》、鏡は言葉を失った。

一人の女性が立っていた。艶やかな長い黒髪、野生の王国と形容される弟と、血が繋《つな》がっているとは思えない、楚々《そそ》としたたおやかな顔立ちの、小柄な文学少女。

高階星《たかしな》が、失踪したときの顔のまま、申し訳なさそうに手を合わせてみせた。

そして、姉の願いを断る言葉は、鏡はもっていなかった。

そこは新宿新都心超高層ビル街の、まさにど真んなかのはずだった。

しかし、位相をずらした、『斜めから見た世界』——傾斜界に身を置いてみれば、どこまでもなだらかな山河《さんが》が続く原野である。他の場所のような荒涼とした気配はなく、むしろ濃密なほどの、活力を感じられる場所だった。

「新宿には、日本だけじゃなく、他の国から来た人たちも暮らしているからね。傾斜界は、実現しなかった希望や欲望が生んだもう一つの世界——だから、現実界でのそれが濃いほど、傾斜界のエネルギーも高まるのよ」

具合のいい形に抉れた岩場に腰を下ろして、星は歌うような口調で言った。

「そのエネルギーを、有効に使えるかも知れないと思っていたのが、二年前の私——けれど、傾斜界はパンドラの箱だった。人間には、大きすぎるの。この世界に触れた大抵の人間が、欲望のままに《越境者《えっきょうしゃ》》になって、災厄《さいやく》を振り撒《ま》くだけの存在になっていったわ」

嘆息《たんそく》して、星《せい》は膝に顎《あご》を載せた。大きな眼に憂《うれ》えた影を落とし、哀しげに付け加える。

「この世界は、人間の成就しなかった想いがつくった世界。人間に復讐したがっているのかも知れないわね。そこに考えが及ばなかった私は、本当に無知だったわ」

「……そうとも限らないんじゃないかな」

隣で両手に体を預け、足を投げ出していた鏡《きょう》が、考えながら答えた。

「人の思いは、人に帰ろうとする——それだけじゃない？　その力をどう使うか決めることができれば、一度は潰《つい》えた思いも、新しい形を得られる……そんな気がする。現に、沙《さ》織《おり》は、イメージドールの力を使いこなしていた——俺は失敗しちまったけどさ」

苦笑いして、鏡は姉に眼を向けた。

「パンドラの箱が生み出した不幸は、先を見通す力を、人間に与えてしまったことだって、聞いたことがある。未来に何が起こるか知ってしまうと、希望すらもてない……それが、知恵をもってしまった人間に神々が与えた罰だってさ。けれど、先が見えるからこそ歩みを止めずに、そうじゃない未来を作っていけるのが人間なんじゃないかな」

そこまで言って、鏡は怪訝《けげん》な表情を浮かべてみせた。

星が、まじまじと見つめている。面映《おもはゆ》くなって、つい頬《ほほ》を赫《あか》らめる。

「な、なんだよ」

「……鏡ちゃん、凄い。そこまで考えるようになったんだねぇ」

心から感心したように言われてしまい、鏡は思わず突っ伏した。

そのまましばし、姉弟は無言のまま、渡ってくる風に身を晒《さら》していた。

やがて、星がぽつりと言った。

「思ったんだけど、傾斜界《けいしゃかい》は、実現しなかった人の想いがつくった、芽を吹かなかった可能性の世界……だとすれば、考えようによっては、人間に残された、最後の予備タンクかも知れないってさ。なんだか、変な考え方だけど」

恥ずかしそうに首をすくめる姉を見て、鏡は自分も視線を宙に投げ、考え込んだ。

そして、慎重な口ぶりで言葉を紡《つむ》ぐ。

「いや……変じゃないよ。沙織が言ってたけどね。人間は、自分だけで自分の行く手を決めるのは、結構《けっこう》大変なんだって。だから、大概は傾斜界の力を得ても、コントロールできずにC級かB級の《越境者》になってしまう。本来は上から命令を受ける立場の軍人でも、欲望を押さえ切れなかったんだから、並大抵の難しさじゃないんだ。つまりさ。それができる人間が現れるまで、保管されてるエネルギータンクなんじゃないかな」

「それはまた、ずいぶんと楽観的な見方だね」

星が笑った。

釣られたように、鏡も微笑する。

「楽観の方が、悲観より楽しいからさ。とにかく、姉貴はいままで、一人で考えていたんだろ? これからは俺も協力するからさ。時間はたっぷりあるし」

「そう。たっぷりあるね」

星《せい》の顔に、温かみのある微笑が広がった。

そう、時間はたっぷりある。

姉と弟の絆《きずな》は、もう誰にも切ることはできない。

こうして、姉とともにいるのが現実なのか、あるいは認識対象を変えた脳が見せる夢なのかも、もう鏡《きょう》にはどうでもいいことだった。

傾斜界《けいしゃかい》は、心で接触する世界だ。

鏡がそう感じる限り、星は現実に、そこにいる。

混沌《こんとん》とした力が渦巻く、二つの世界の狭間《はざま》にいながら、鏡はひどく充実した気分でいた。

実現しなかった人の想い、実現させることができる環境でいながら、そうすることに意味を見い出せない、行く手を塞《ふさ》がれた人の、誰にも聞こえない悲鳴のような想い。

まったく別の世界のように見えながら、実は二つの世界は、同じ人の想いによって繋《つな》がれている。

いつの日か、位相は違うものの共通した混沌の活力をもつ、二つの世界が同一になることがあれば……そのとき、人類はそれまでの枠を超え、一段の飛躍を遂げることができる

のではないか。

そんな想いを抱きながら、鏡《きょう》はいまは何の憂《うれ》いもなく、姉の腕に身を委《ゆだ》ねていた。

あとがき

唐突《とうとつ》ですが、こんな疑問を抱いたことはありませんか?

自分は、いま本当に、ここにいるのだろうか。ここにいる自分は、実は本当に存在しているわけではなくて、誰かが見ている夢のなかにしかいないのではないか。あるいは、ここにいると思っているのは単なる錯覚で、本当はまったく違う場所にいて、ただそう思わされているだけではないか、といった具合に。

そんな疑いを抱くのは……認識というものが、実はかなり曖昧《あいまい》なものだからではないか、と思います。自分が認識しているからといって、確実なものではない。そう思えてきます。

こんにちは、中里融司という者です。初めてMF文庫さんに書かせていただきました。

いままで、中里の小説をお読みいただいている方でしたらおわかりかと思いますが、今回は少し雰囲気が違う作品になったと思います。人が、本当にその場に存在しているのかという疑問を抱いてしまった少年少女が、自分の実在すら確信できないなかでどう生きているのか、と考えながら、鏡《きょう》と沙織《さおり》を追っていくうちに、このような物語になりました。

自身の存在についての疑念というのは、哲学の基本的な命題と言えそうです。

かつては、思考を存在の証と考えることもできましたが、それも今ではあやふやです。

中里融司

「我思う、ゆえに我あり」

この言葉は、単にここに思考している自分がいるから実在するに決まっているという、それだけのものではなさそうです。たとえ、実在しないにしても、そう認識している自分は主観的には実在する。事象の一つにすぎない自分が、ごく儚《はかな》いものにせよ、自分で思考しているとは自覚できる。だから、この瞬間のみは存在する——近代の荒波に呑み込まれつつある個人の、悲鳴にも似た叫びに聞こえます。

自分がどんなもので、どのような意味をもって存在しているのか。それは結局は、自分で覚《さと》るしかないのかもしれません。

話は変わりますが、中里はいま、ロシアに興味津々《きょうみしんしん》です。行ってみたい国の筆頭です。この間電車のなかで、隣にロシア人の女の子が三人座ったりしました。美人でした。はらしょー。

藤城先生、素晴らしいイラストを、ありがとうございました。

皆様、お楽しみいただけましたでしょうか。これからも、よろしくお願い申し上げます。

あとがき

藤城　陽

みなさま、いろんな意味で「始めまして」。イラストレーターの藤城陽と申します。

今回、初めてMF文庫さんで挿絵《さしえ》を描かせていただく事になりましたので、当然ご挨拶は初めてなのですが、同時に、こうした「あとがき」の場に文章を載せていただくのも実は初めての経験であったりします。これを機会に、お見知りおきくださいませ。

さて、この「カオス・エッジ」には魅力的なキャラクターがたくさん登場します。読んでいただければお分かりだと思いますが、主人公はもちろん、脇役のみなさんもいい味を出していて、藤城は「発売前に読める」という挿絵屋さんの役得《やくとく》を充分堪能《たんのう》させていただきました。

挿絵では、おじさんからメガネのお姉さんまで色々描く事が出来て、大変楽しかったのですが、ご覧になっていかがだったでしょうか。物語と一緒に、絵も楽しんでいただけたら本当に嬉しいです。

ああ、でもでも藤城の頭の中では、どの登場人物も、もっと魅力的に描ける予定だったはずなんですー。次の機会までにもっと良い絵が描けるようにがんばっていきますので、どうかマッタリと見守ってやってください。

それでは、皆様今後ともよろしくお願いいたします。

MF文庫J

ファンレター、作品のご感想を
お待ちしています

あて先

〒150-0002
東京都渋谷区渋谷3-3-5
モリモビル
メディアファクトリー　MF文庫J編集部気付

「中里融司先生」係
「藤城　陽先生」係

カオス・エッジ
たそがれの道化師

発行　2003年7月31日
（初版第一刷発行）

著者　中里融司

発行人　三坂泰二

発行所　株式会社
メディアファクトリー
〒104-0061
東京都中央区銀座8-4-17
電話　0570-002-001
03-5469-3460（編集）

印刷・製本　株式会社廣済堂

ISBN 4-8401-0839-0 C0193

MF文庫J

100

ＭＦ文庫Ｊ小説原稿募集!!

ＭＦ文庫Ｊでは、フレッシュな文庫レーベルに
ふさわしい新しい才能を求めています。
ＭＦ文庫Ｊの代表作となるような意欲的な作品をお待ちしています。

テーマ

ＳＦ・ファンタジー・ホラー・ミステリー・アクション・コメディ・学園ものなど、中・高校生を対象にしたテーマであればジャンルは問いません。

応募締め切り

作品は随時受け付けています。自信作が完成次第、ご応募ください。

審　査

審査は、ダ・ヴィンチ編集部編集長、コミック編集部編集長、映像企画部（アニメ・映画制作）部長、MF文庫J編集部で行います。

結果通知

採用作品については受付から1か月以内にご連絡します。
残念ながら選にもれた方へも、3か月前後で審査コメントを送付いたします。

投稿要領

審査・整理の都合上、必ず下記要綱を守ってください。

【小説の場合】

■パソコン・ワープロなどで作成した原稿に限る。手書き原稿不可。
■用紙サイズ：Ａ4用紙・横使用
■書式：縦書き。可能な限り1Ｐ40文字×34行で設定。必ずページ番号を入れてください。
■枚数：上記書式で、長編100枚〜150枚程度
■上記書式で1枚目にタイトルと著者名、800文字程度のあらすじを、２枚目に本名、年齢、性別、住所、電話番号、お持ちの場合はe-mailアドレス、簡単な略歴を入れてください。

※注意点

◆応募原稿は返却しません。必要に応じてコピーなどを取ってください。
◆審査コメント送付用に、あて先を書いた封筒に80円切手を貼って同封してください。
◆フロッピーディスクでの応募は不可です。必ずプリントアウトで応募ください。

送り先

〒150-0002　東京都渋谷区渋谷3-3-5　モリモビル
株式会社メディアファクトリー　MF文庫J編集部　宛